マドンナメイト文庫

氷上の天使 悦虐の美姉妹強制合宿

羽村優希

目次

contents

プロローグ……7
第1章　クロッチの恥ずかしい染み……11
第2章　ローターに噎び泣く美姉……56
第3章　姉の痴態を覗き見する妹……95
第4章　あどけない可憐なつぼみ……137
第5章　美姉妹どんぶりの愉悦……174
第6章　アクメに震える氷上のプリンセス……235
エピローグ……263

氷上の天使

悦虐の美姉妹強制合宿

プロローグ

（身体の線が、ずいぶんと丸みを帯びてきたな）

スケートリンクで演技を披露する愛弟子の姿に、反町《そりまち》直人《なおと》は目を細めた。

下園《しもぞの》真理亜《まりあ》は十六歳、私立の女子校に通う高校一年の少女だ。切長の目、スッと通った鼻筋、薄くも厚くもない唇と、美人タイプですらりとした体形をしている。物静かで控えめな性格ではあったが、ここ一年ほどで大人びた雰囲気をまとわせ、見る者に華麗なスケーティングを印象づけた。

彼女は前年の全日本ジュニア選手権で優勝し、一躍脚光を浴びたものの、その後の大会では苦戦を強《し》いられている。

コーチの直人にとってはいちばんの頭痛の種であり、復調を目指しての指導やコミュニケーションを繰り返している最中だった。

（練習のときには問題ないのに、実践になると、本来の力が発揮できないんだよな。いったい、何が原因なんだ？）

直人は首をひねりつつ、真理亜の妹、美優《みゆ》のスケーティングに目を向けた。

こちらは姉とは対照的に、いつも笑顔を絶やさぬ明朗活発な女の子だ。クリっとした目、小さな鼻、ふっくらした唇が愛らしく、性格も素直で吸収力が高い。

十三歳の中学一年生はまだ成長途上ではあったが、発育がいいのか、バストやヒップの膨らみ具合は姉に勝るとも劣らなかった。

ノービスクラスで安定感のある演技を披露し、真理亜と同様、将来を嘱望《しょくぼう》されているスケーターだ。

（二人とも……大きくなったよな）

美人姉妹がスケート教室に参加してきたのは六年前、真理亜が十歳、美優が七歳のときだった。

二人の運動神経は他の参加生より抜きんでており、金の卵を発掘した思いに身が震えたものだ。直人は明王アイススケートクラブのオーナーと姉妹の親を説得し、六年間、他の練習生には見向きもせずに徹底指導してきた。

それだけに、真理亜のジュニアクラス優勝はどれほどの喜びを与えてくれたか。

（いや、目標は再来年の冬季オリンピックだからな）

代表資格を得るには、四カ月後の十二月に開催される全日本選手権で上位入賞しなければならない。優勝すれば、間違いなく代表選手に選出されるのだが……。

（今年の成績では、かなり厳しいかもしれん。体重が増えているわけじゃないし、精神的なものだと思うんだけど……）

真理亜が片足を上げてスケーティングすると、衣装のフリルが捲れ、心臓がドキリとした。

股間にぴっちり食いこんだ股布は恥丘の膨らみを際立たせ、生白い内腿の柔肉と鼠《そ》蹊《けい》部に目が釘づけになる。

熱い血流が海綿体になだれこみ、牡の肉がピクリと反応した。

（今年に入ってから、ますます女らしくなったのは事実だよな。まさか……）

ある不安が脳裏をよぎり、慌ててかぶりを振る。

（真理亜は、真面目な女の子だ。彼女に限って、そんなことあるはずないさ）

どす黒い想像を頭から振り払った直後、スケート場の管理者が声をかけてきた。

「反町くん、オーナーが呼んでるよ」

「……え？」

「スタッフルームで待ってるって」

「は、はい……わかりました」

明王アイススケート場は東北の田舎町にある民間のスポーツ施設で、オーナーの小《お》田切《だぎり》は複数のホテルや遊戯施設を所有している多角経営者である。

真理亜がマスコミに注目されるまでは、フィギュアスケートにまったく興味を示さない典型的な金儲け主義の男だった。

(ここ三カ月は顔を見せなかったくせに、どうした風の吹きまわしだ?)

彼とは以前から折り合いが悪く、いやな予感に顔をしかめる。

「すぐに行きます」

不承不承《ふしようぶしよう》頷いた直人は、リンク上の姉妹に声をかけた。

「悪いが、しばらく自主練習しててくれ」

「は、はい」

こちらの表情から、ただならぬ気配を察したのかもしれない。

真理亜と美優は訝《いぶか》しみの視線を向けたものの、直人は一瞥もくれずにスタッフルームへ向かった。

第一章　クロッチの恥ずかしい染み

1

「すみません……もう一度、おっしゃっていただけますか？」

「だから、君は九月いっぱいで辞めてもらうよ」

あまりにも唐突な小田切の言葉に、直人は耳を疑った。

いやな汗が背筋を伝い、一瞬にして冷静さを失う。

「ま、待ってください。九月いっぱいって、あとひと月ちょっとしかありませんよ。第一、私が辞めたら、誰が真理亜や美優の指導をするんですか？」

「倉橋《くらはし》くんに引き継いでもらうから、あとのことは心配せんでいいさ」

「え……倉橋って、あの倉橋ですか!?」

「そう、オリンピックの銅メダリストだ。彼なら実績もあるし、君よりいい指導ができると思うんだがね」

今から十年前、オリンピック代表をかけ、彼と熾烈な争いを繰り広げた記憶が甦《よみがえ》る。

アキレス腱を痛めた直人は無理をして選考大会に出場し、それがもとでフィギュアスケートを引退する羽目《はめ》に陥ったのだ。

十八歳の少年にとっては過酷な運命で、その後は自暴自棄の日々を過ごした。

それでもスケートの世界から足を洗えず、明王スケートクラブの指導員の職にありついたあと、下園姉妹との出会いをきっかけに、後進の指導に尽力するまでに立ちなおったのである。

「か、彼は、承諾したんですか？」

「ああ、やる気満々だったよ」

「そ、そうですか」

「まあ、君にはここまでやってもらって感謝してるよ。だが、姉のほうの成績は頭打ちだし、このあたりが限界だと判断したのも仕方のないことじゃないかな？」

「た、確かに今は不調ですが、なんとか立てなおそうと、彼女も私もがんばってるんです」

「君の意見は、ずいぶんと聞いてきたはずだよ。室内トレーニング場が必要だと言えば、即座に用意したし、スクール生の練習時間を確保するためにスケート場の休場日も増やした。本来なら、明日の火曜は営業日なんだよ」

「それは……ありがたく思ってます」

「二人の遠征費だって、私のポケットマネーから出してるんだからね」

下園姉妹はスケート場から歩いて十分ほどの距離に住んでおり、決して裕福な家庭環境ではない。

直人が彼女らをフィギュアスケートの世界に導いたという経緯があるだけに、この状況での解雇はどうしても納得できなかった。

「あの姉妹、特に姉のほうは結果を出してくれないと困るんだよ。私も、慈善事業で商売してるわけじゃないからね」

もっともらしい理由をつけているが、オーナーとは対立するケースが多く、本音は厄介払いをしたいのだろう。

(きっと……自分の意見をはっきり言う俺が気に入らないんだろうな)

オリンピックメダリストの倉橋がコーチをすれば、宣伝効果は抜群だし、多くの練習生を確保できると目論《もくろ》んでいるのかもしれない。

指導力に関しても、真面目で努力家の彼なら、自分よりもいい結果を出すのではないか。

肩を落とした直人は、消え入りそうな声で答えた。

「……わかりました」

「おお、わかってくれたか。倉橋くんは来月の二十五日に来るそうだから、引き継ぎのほう、よろしく頼むよ」

「あの……他のコーチや練習生への告知は、私のほうから伝えるということでいいですか？」

「あぁ、それはかまわんよ。スケートクラブの最高責任者は君なんだから、好きなようにしたまえ。それと、功労金というかたちで、それなりの退職金は出すつもりだから安心してくれよ」

小田切は言いたいことだけを告げると、そそくさと帰り支度を始める。

怒りの感情に駆られた直人は、殴りつけたい衝動を必死に抑えた。

「それじゃ、私は用事があるので失礼するよ。これまで、ご苦労だったな」

腹黒い中年男は目も合わせず、薄ら笑いを浮かべてスタッフルームを出ていく。

直人は拳を握りしめ、激しい怒りに顔面を真っ赤にさせた。

(くそっ、ふざけやがって！　倉橋にはいやというほど敗北感を味わわせられたのに、どの面《つら》下げて会えと言うんだ！　こんなスケートクラブ、こっちのほうから辞めてやらぁ！)

憤然とした表情で窓際に歩み寄り、高級車に乗りこむ小田切に憎悪の目を向ける。

はらわたは煮えくりかえったが、奴を張り倒したところで一銭の得にもならない。

(このまま辞めるというのも……癪だな)

何かしら、あの男の鼻をあかす手段はないものか。

小田切がスケート場をあとにしても、あれやこれやと思案を巡らせてはこめかみを震わせる。

「はあ、だめだ……何も浮かばない」

小さな溜め息をついた瞬間、一人の少女の姿が視界に入った。紺色のラインが入った白いジャージズボンは、紛れもなく真理亜だ。

(あいつ、練習をほったらかして、何やってんだ)

時刻は午後六時を過ぎ、あたりは薄暗くなりはじめている。

美少女は駐車場の隅に停車している車に近づき、周囲を見渡してから助手席のドアを開けた。

(見たことのない車種だな。誰の車だ?)

運転席は建物の陰に隠れているため、首を伸ばしても確認できない。

(そうだ! あの場所なら、見えるんじゃないか?)

直人はスタッフルームを飛びだし、二階の端にある男子トイレに向かった。

扉を開けると、真正面の壁に横すべり出し窓が取りつけられている。ガラス窓は室外方向に開け放たれているので、首を伸ばせば、真下の様子を把握できるはずだ。

直人は息せき切って走り寄り、窓の隙間から下方を覗きこんだ。

(あっ!?)

車はフロントガラスをやや斜め上から見る角度に停めてあり、カップルの姿がはっきり見える。真理亜と男は身体を寄せ、唇を重ね合わせていた。

全身の血が逆流し、奥歯をギリリと嚙みしめる。

真理亜は、男と逢い引きするために練習を抜けだしてきたのだ。

(ちっくしょう! この大切な時期に、何やってやがるんだ!!)

怒りの感情ばかりでなく、美しい花園を蹴散らされたようなやるせなさに身が震える。

相手の男は、いったい誰なのか。

瞬きもせずに凝視するなか、長いキスが途切れ、真理亜が男をじっと見つめる。

桜色に染まった頰、潤んだ瞳は明らかに恋する乙女のものだ。

すかさず男の顔を確認した直人は、見覚えのある風貌に眉をひそめた。

(あれ？　あいつ……)

首を傾《かし》げつつ、記憶の糸を手繰《たぐ》り寄せる。

(か、景浦《かげうら》じゃないか！)

一昨年まで明王スケートクラブに所属していた練習生で、男女間のトラブルを起こし、除籍された輩《やから》だ。

当時は高校生だったが、車を所有しているところを見ると、今は大学生か社会人か。

直人は真理亜と美優につきっきりで、他の練習生はアマチュアスケーターの二人の女性がコーチしている。

早朝や夜間の実践練習は姉妹が独占し、一般客や他の練習生がいる時間帯は室内トレーニングやバレエの振り付けをさせているため、第三者との接点はほぼなかったはずなのだが……。

(四六時中、見張ってるわけにはいかないし、休憩時間のときは二人とも室内トレーニング場から出ていくからな。そのときに、声ぐらいはかけられたのかもしれん。いったい、いつからつき合ってるんだ?)

真理亜の成績が落ちはじめたのは、あの男が原因としか思えない。

頭に血が昇り、激しい怒りに目が眩んだ。

(……あっ!?)

二人が再び顔を寄せ、またもや情熱的なキスを見せつけられる。しかも今度は、手が小高い胸の膨らみに触れているではないか。

真理亜はいやがる素振りを見せず、積極的に不埒《ふらち》な愛撫を受けいれた。

陽に灼《や》けた手がバストから下腹部に下ろされ、指がジャージズボンのウエストから潜りこむ。とたんに少女は腰をくねらせ、頬を窄めて男の舌を吸いたてた。

(う、嘘だろ?)

頭の中が真っ白になり、今は何も考えられない。

(よけいなことには気を取られるな、練習だけに集中しろって、あれほど言ったのに。これじゃ、俺がいくら躍起になっても、結果は出ないはずだよ)

スポーツだけに限らず、どの分野でも、一流の域に達するには並々ならぬ覚悟と努力が必要なのである。そのふたつが揃っていなければ、類希《たぐいまれ》なる才能に恵まれていたとしても、トップを極めることはできないのだ。

真理亜のフィギュアへの情熱は想像以上に低く、一般的な女の子と同様、恋愛のほうに興味があるのかもしれない。

(いつかはそういう時期も来るとは思っていたが、まだ十六歳だぞ……恋愛する機会なんて、これからいくらでもあるじゃないか)

悲痛な面持《おも》ちをしたのも束の間、直人は眉尻をみるみる吊りあげた。

オーナーからの不条理な解雇宣言、そして愛弟子からの手痛い裏切り行為。どす黒い感情が夏空の雲のように広がり、感情をコントロールできない。

景浦の手が怪しい動きを繰り返し、真理亜が目元をねっとり紅潮させる。

もしかすると、すでに二人は男女の関係を結んでいるのではないか。

(許さん！　許さんぞっ!!)

逆上した直人はハーフパンツの尻ポケットからスマートフォンを取りだし、若いカップルのラブシーンを撮影した。

憎悪に満ちた視線を注ぐあいだ、まがまがしい企《たくら》みが脳裏を占めていく。

(このままじゃ終わらせない。どうせ辞めるなら、真理亜を道づれにオーナーにもひ

と泡吹かせてやる)
こうなったら、人生を棒に振ることになってもかまわない。
十年前に引退したときと同様、今の直人は自暴自棄に陥っていた。

2

ビデオカメラを抱《かか》えてスケートリンクに戻ると、妹の美優はスマホを手にアリーナ席のベンチに腰かけていた。

肩越しに直人の姿を見かけるや、どこかに電話をかける。

(ひょっとして、真理亜に連絡してるのか?)

性格が正反対のせいか、姉妹仲はとてもよく、二人が喧嘩している姿は一度も目にしたことがない。おそらく妹は景浦の存在を知っており、姉の恋愛を応援し、また協力もしているのではないか。

ゆっくり近づいていくと、美優は電話を切り、気まずげな表情でスマホをバッグの中に入れた。

「……真理亜は?」

「あ、はい、お手洗いに行ってます」

「そうか……休憩はもういいのか？」

「あ、はい。大丈夫です」

童顔の妹は目を逸らし、ペットボトルのミネラルウォーターに口をつける。同時に、スケート場の裏口から真理亜が姿を現した。

「す、すみません」

「おう、どこに行ってた？」

「ちょっと、お腹が痛くなって……もう大丈夫です」

美しい姉は目を伏せ、何事もなかったかのようにジャージを脱ぎはじめる。

今まで男と乳繰り合っておきながら、よくも平然と嘘がつけるものだ。

景浦はジャージの中に手を入れ、陰部を撫でさすっていた。

フィギュアスケートの選手は、衣装の下にボディファンデーションと呼ばれるレオタードに似た肌色のインナーを着用している。

無骨な指は肌着をかいくぐり、乙女の恥芯をじかに触れたのかもしれない。

気持ちよかったのか、愛液を垂れ流したのか。

再び嫉妬の感情が湧き起こるも、直人はおくびにも出さずに指示を与えた。

「真理亜、リンクをひと回りしたあと、ダブルアクセルからの三回転トゥループを見せてくれ」

「は、はい、わかりました」

真理亜はすかさずベンチに腰を下ろし、やや暗い表情でスケート靴を履きだす。

「……コーチ」

「ん、美優、どうした？」

「すみません。ちょっと調子が悪いんですけど、もう少し休んでていいですか？」

「なんだ、お前もか……仕方ない、休んでろ」

妹が再びベンチに腰かけたあと、姉はリンクに飛びだしたが、動きがやけに鈍く、明らかに集中力が切れているのが見て取れた。

（ふん、腹痛を言い訳にするつもりだろうが、そうはいかんぞ）

ビデオカメラの電源を入れ、ゆっくりすべりだす少女にレンズを向ける。一見、なめらかな動きではあるが、腰の位置が高く、不安定さはどうにも否めない。

彼女は一周したところで、後ろ向きの体勢から反動をつけてジャンプするも、着地に失敗し、直人の目の前で派手に転んだ。

「どうした？　さっきまでは、ちゃんとこなしてたコンビネーションだぞ」

「す、すみません！　もう一度、やらせてください」

真理亜はすぐさま立ちあがり、再びスケーティングを開始するが、二度目のジャンプも失敗してしまう。

（いくらやっても、飛べるはずないさ。下半身に踏ん張りがないし、気持ちの切り替えもできてないからな）

動揺したまま演技をしても、ベストなパフォーマンスを見せられるわけがない。

フィギュアスケートは、生半可な気持ちでこなせるほど甘い世界ではないのだ。

真理亜は三度目、四度目のジャンプも失敗し、手すりを摑んで肩を落とした。

美優はベンチから腰を浮かし、青ざめた表情で姉の姿を見つめている。

直人はカメラの録画をオフにし、淡々とした口調で命令した。

「お前は今日、一時間の居残りだ。美優！」

「は、はいっ」

「親のほうには、そう伝えておいてくれ。帰りは、俺が車で送るから」

「わ、わかりました」

よほど険しい顔つきをしていたのか、妹は自らリンクに向かい、練習を再開する。

直人は腕を組み、二人の演技と動きを遠巻きに見守った。

（さてと……どうしてやろうか）

スケート場の関係者は午後九時に引きあげ、真理亜と二人だけになれる。今日は休場日のため、ほとんどのスタッフが休みなのは誠に都合がいい。

愛憎を燃えあがらせた直人は、早くも股間の逸物を熱くさせていた。

3

「反町くん、それじゃ、戸締まりのほう、よろしく頼むよ」

「はい、お疲れさまです」

スケート場の管理者に声をかけられ、ニコリともせずに答える。

居残り練習はこれまでに何度もこなしており、リンクにはまだ美優もいるせいか、人のよさそうな中年男が不審の目を向けることはなかった。

「よし、美優はあがってもいいぞ」

「は、はいっ」

妹はそれなりに責任を感じているのか、顔色が優れず、リンクの外に出ても姉の姿を目で追っている。

いらついた直人は、やや怒気を含んだ口調で咎《とが》めた。

「もたもたしてると、それだけ真理亜の帰りも遅くなるぞ」

「はいっ、すみません」

美優はベンチに腰を下ろすや、慌ててスケート靴を脱ぎはじめる。そのあいだ、直人の目はリンク上の真理亜に向けられていた。

（あの小僧とは、ペッティングまでだろうな？　まさか、もう抱かれたんじゃや……）

最悪の光景が頭に浮かび、全身の血が逆流する。

女にだらしない男にバージンを捧げていたとしたら、絶対に許さない。

恋愛ごときで才能を無駄にするぐらいなら、自分の手で引導を渡してやるのだ。

（倉橋が来たときには、どうにもならない状態にしておいてやるよ。ふふっ、当てが外れたオーナーの泣きっ面が目に見えるようだ）

悪辣《あくらつ》な計画を企《たくら》んだところで、衣装の上からジャージを着た美優が快活な声をかけてきた。

「コーチ、お先に失礼します！」

「あ……お、おう、気をつけて帰れよ」

少女は頭をぺこりと下げ、スポーツバッグを手に小走りで関係者出入り口に向かう。

直人は顔をリンクに向けたまま、小振りなヒップを横目で追った。

(十三歳か……やっぱり、まだ子供だよな)

スケーティングのセンスは姉に軍配が上がるが、運動神経と柔軟さに関しては妹のほうが勝っている。

もしかすると、数年後には真理亜を追い越すかもしれない。

できることなら、美優のほうも堕落させておきたかったが、直人は姉やオーナーへの憎悪を初心《うぶ》な妹にまで向ける気になれなかった。

(練習にも真剣に取り組んでるし、さすがにかわいそうか……まあ、いいさ。二人とも仲がいいし、真理亜がスケートをやめることにでもなれば、美優もやる気をなくすのは目に見えてるんだから)

妹が場内から出ていき、燃えるような目を大人びた姉に向ける。今や、このスケート場には自分と真理亜の二人しかいないのだ。

直人は手を叩き、こちらの思惑など露知らぬ美少女を呼び寄せた。

「よし！　ちょっと小休止しよう」

「は、はい」

「悪いが、スタッフルームまで来てくれるか？」

「え……あ、はい」

夜間練習で妹と離れるのは初めてのケースであり、しかも後ろめたい行為をしていただけに不安があるのかもしれない。

怯えた表情の真理亜に、にこやかな顔で安心感を与える。

「昼間の練習もビデオに収めてあるから、フォームのチェックをしたいんだ」

「……わかりました」

スケート靴を脱ぐのを待ってから、直人は彼女とともにスタッフルームに向かった。

「腹のほうは、大丈夫か？」

「はい、大丈夫です。すみません……変な演技を見せてしまって」

「体調が悪かったんなら、仕方ないさ」

とりとめのない会話を交わしながら二階への階段を昇り、スタッフルームの扉を開けて室内に促す。

「さ、入れ」

「……はい」

十二畳ほどの広さの部屋には長机がコの字形に配置され、正面にはホワイトボードとテレビ、サイドの壁にはスチール製の資料棚が置かれている。

直人はテレビに近い席に真理亜を座らせ、ビデオカメラの電源を入れた。

「昼間に演技したときと、さっきのパフォーマンスを見比べてみようじゃないか」

美少女は小さく頷《うなず》いたものの、明らかに鼻白む。

先ほどの不調の原因は彼女自身がいちばんよくわかっているだけに、練習風景を撮影したビデオを見たくないのもむべなるかなだ。

「その前に……」

ただならぬ気配を感じているのか、やや俯き加減の真理亜を尻目に、直人はとなりの席に腰を下ろした。

「真理亜、お前はスケートが好きか？」

「……好きです」

「俺の目を見て、答えろ」

穏やかな態度で告げると、彼女は顔を上げ、黒曜石のような瞳を向けて答える。

「好きです」

「オリンピックに出たいか？」

「もちろんです。子供のときからの夢ですから」

「テレビでフィギュアを観て、私もスケートをやってみたいと思ったんだよな」

「そ、そうです。スケート場が近くにあったし、母に頼みこんで、スケート教室に参加したんです」

六年前の出来事を思いだしたのか、真理亜が感傷的な表情を見せると、直人はここぞとばかりに核心を突いた。

「ジュニア選手権に優勝したあと……正確に言えば、今年に入ってからだが、不調の原因はなんだと思う？」

「そ、それは……」

少女はまたもや目を伏せ、膝の上に置いた拳を握りしめる。

彼女はジャージを身に着けておらず、練習用の衣装のままだ。生白い首筋、こんもりした胸の膨らみ、むちっとした太腿に股間の一点がひりついた。

(男とディープキスし、胸を揉まれ、あそこも弄《いじ》られたんだよな)

真理亜は穢れを知らない女の子ではなく、すでに性の扉を開け放っている。そう考えただけで海綿体が熱い血液に満たされ、本能が瞬く間に理性を駆逐していった。

十六歳の少女の女陰は、いかなる様相を呈しているのか。

色艶や匂いを想像しただけで、男の紋章がぐんぐん体積を増していく。

真理亜のおマ×コなら、一時間でも二時間でも舐めつづけられるのではないか。

逸《はや》る気持ちを抑えつつ、直人は尻ポケットからスマホを取りだした。

「お前の不調の原因は、こっちの映像に収まってるよ」

さすがに緊張し、声が震えているのが自分でもわかる。

盗撮行為を自ら暴露すれば、もう後戻りはできない。それがわかっていても、手の動きが止まることはなかった。

動画アプリを開き、ドキドキしながら再生ボタンをタップする。

「さあ、よく見るんだ」

真理亜はしばらく俯いていたが、低い声で促《うなが》すと、ようやく顔を上げた。

画面には斜め上からの車体が映り、フロントガラス越しに若いカップルがディープキスを交わしている。

彼の手がジャージの下に潜りこむシーンが流れると、少女の眉間に皺が寄り、すかさず目が見開かれた。

全体の映像はやや暗かったが、駐車場の照明灯が車内の様子をぼんやり照らす。

二人の様子は鮮明に映っており、近しい関係者なら、女性が真理亜だと認識するのにさほどの時間は要さないはずだ。

「あ、あ……」

「ここに映ってるのは、いったい誰かな？」

美少女は眉尻を下げたあと、気まずげに顔を逆側に振った。

沈黙の時間が流れ、重苦しい雰囲気が漂う。

「……お前だよな？」

直人が問いかけても、彼女は何も答えずにそっぽを向いたままだ。

「相手の男は、一昨年まで、うちのクラブにいた景浦だな。いったい、いつからつき合ってるんだ？」

「し、知りません……私じゃないです」

「おいおい、この期《ご》に及んで、それはないだろ。こそこそ駐車場に出てきたところを、ちゃんと見てるんだよ。様子がおかしいとピンと来たわけだが、まさかこんな場面を見せられるとは思ってもいなかったぞ」

直人は皮肉めいた口調で告げたあと、鋭い目つきで睨みつけた。

「いつから、つき合ってるんだ!?」

ドスのきいた声を浴びせると、観念したのか、弱々しい声が返ってくる。

「今年に……入ってからです」

「連絡先なんて、いつ交換したんだ？」

「学校からの帰り道、偶然会って、そのときにラインの交換をしたんです」

ジュニア選手権に優勝した直後、真理亜はマスコミの注目を浴びた。

おそらく景浦は成長した彼女の姿をどこかで見て、粉をかけてきたに違いない。

なんにしても、成績が落ちはじめた時期と完全一致する。

直人は努めて平静を装い、踏みこんだ質問を投げかけた。

「お前らの関係……どこまで、いってるんだ？」

少女は顔を背けたまま、肩を震わせる。

（おいおい、まさか……最後までやっちまってんのか？）

頑《かたく》なな態度を目にした限り、真理亜は着実に大人の階段を昇っている。

おとなしくて真面目なのは見かけだけで、もう六年前の小学生ではないのだ。

「わかった。残念だが……言えないなら、このことは親に報告するしかないな」

「……え」

「スケートをやめる理由をちゃんと話さなきゃ、親だって納得できないだろ？」

脅しが効いたのか、少女はようやく振り返り、泣きそうな顔を見せる。直人は冷ややかな笑みを返し、さらなる追い打ちをかけた。

「不調の原因がわかったのに、だんまりを決めこんでるんじゃ、指導のしようがないだろ。技術的な問題じゃないことは、はっきりわかったんだから」

「お、親には……内緒にしてください」

「ということは……スケートは続けたいんだな？」

「……はい」

「だったら、正直に話せ」

あとひと月余りでコーチを辞めることは、まだ誰にも告知していない。メダリストの倉橋が後任のコーチになると知ったら、この子はどんな顔をするのだろう。

（ふっ、とたんに態度を変えるかもしれんな）

こちらの心の内など知るよしもなく、真理亜は狼に見据えられた子羊のように身を震わせた。

「もう一度、聞くぞ。あの男とは、どこまでいったんだ」

「コ、コーチが心配してるようなことは……してません」

「だったら、なぜすぐに答えない」

「それは……」

「いつから、そんな嘘つきになったんだ？」

「嘘じゃ、ありません」

彼女の声は蚊が鳴くほど小さく、耳を澄まさなければ聞き取れない。

無意識のうちに目を逸らしたところを見ると、まだ隠し事があるらしい。

「お前は、高校一年だぞ。いちばん大切な時期なのに、いったい何をやってんだ？

当然、デートだってしてんだろ？」

真理亜はコクンと頷き、長い睫毛に涙を滲ませる。

「連絡先を交換して、最初はラインでやり取りしてたんですけど……」

「二人きりで会いたいって、言ってきたんだな？」

「……はい」

「ふだんの日は学校と練習があるし、デートする時間があるとは思えないが……休養日の水曜に会ってたのか？」

「はい、それと、土日や春休みは……昼間に会ってました」

「なるほどね……今も夏休みの期間だから、昼間に会ってたわけだ。主にドライブデートか？」

「……はい」

「昼間とはいえ、このあたりじゃ、人気《ひとけ》のない場所はいくらでもあるからな。ひょっとして、ラブホテルにでも連れこまれたか？」

図星を指したのか、明らかに真理亜の目が泳ぐ。すぐに顔に出るところはまだ子供だが、少なからずショックを受けた直人は上ずった口調で問いかけた。

「おい！ ホントに行ったのか!?」

「いえ、それは……さすがに断りました」

とりあえずはホッとしたものの、まだまだ安心はできない。

「それは、いつの話だ？」

「先週の……水曜です」

「奴は、それで納得したのか？」

しばし間を置いてから、少女は伏し目がちに答える。

「あの、生理だからって、嘘をついて、次の機会にしてって……言ったんです」

「次の機会って、ひょっとして……明後日の水曜か？」

真理亜は再び頷き、毛穴から冷や汗がドッと溢れでる。先ほどのラブシーンを目撃していなければ、二日後には景浦に処女を捧げていたかもしれないのだ。

まさに、危機一髪。直人は額に滲んだ汗を手の甲で拭《ぬぐ》い、ひとまず安堵の胸を撫で下ろした。

(そうか……この地域の夏休みは、明後日の二十五日で終わるからな。新学期が始ま

れば、会える機会も少なくなる。それまでに堕とそうと、しつこくアプローチしてたんだな)

あの年頃の男は性欲の塊《かたまり》で、女とやることしか考えていない。悶々とした気持ちを抑えられず、また真理亜の意志を確認するために呼びだしたのだろう。

すんでのところで美少女の純潔を守ったとはいえ、キスやペッティングと、淫らな関係を結んでいたことに違いはない。

まがまがしい感情が胸の内に広がり、完全なる性獣モードに突入する。

直人は身を乗りだし、酷薄な笑みを浮かべてから口を開いた。

「お前さ……あいつがクラブを辞めた理由、知ってるのか?」

「勉強が忙しくなったからって……」

「ぷっ、くくっ」

「な、何がおかしいんですか?」

少女は眉根を寄せ、心外とばかりに問いかける。

「あいつはな、不純異性交遊がばれて、除籍されたんだよ」

「……え?」

「うちのクラブ、女子のほうが圧倒的に多いだろ? 要するに、二股してたわけだ」

「そ、そんな……」

「片方の女の子の親にばれてな、発覚したというわけだ。あの男を辞めさせてくださいと連絡が来て、すごい剣幕だったらしい」

「し、知らなかったです」

「当たり前だ。お前らに話せる内容じゃないだろ。監督不行き届きと言われても仕方ないし、練習生たちも動揺するだけだからと、箝口《かんこう》令が敷かれたんだからな」

大きなショックを受けたのか、彼女は愕然としている。景浦との関係を断ち切るべく、直人は間を空けずに二の矢三の矢を放った。

「おかしいと思わないか？　マスコミに注目されはじめてから、お前の前に現れたこと、しかも学校帰りに偶然会っただなんて、待ち伏せしてたとしか思えないだろ。あいつはもともと女癖の悪い男だし、標的にされたと考えるのが妥当じゃないか」

A級レベルの美少女を、青臭い若造などに奪われてなるものか。

男を奮い立たせた直人は、いよいよ狼の牙を剝きだしにさせた。

「ホントに、何もなかったんだろうな」

「ほ、本当です」

「信じられんな。お前は半年以上も、俺を欺《あざむ》いてきたんだぞ」

「嘘なんかじゃ、ありません……あ」

太腿の上に右手を置き、なめらかな肌を撫でまわす。真理亜はよほど驚いたのか、拒絶もせずに身を強ばらせた。

「あ、あ……」

「あの男と何もなかったのか、俺が調べてやる」

内腿沿いに指を這わせつつ、左手を彼女の背に回し、衣装のファスナーを引き下ろす。指導者の突然の乱心に、真理亜は思考を完全に奪われたようだ。

右指を股の付け根に忍ばせると、つぶらな瞳に恐怖の色を滲ませた。

「や、やめて……ください」

「ん、なんだ？　聞こえないぞ。お前が嘘をついてないかどうか、身体に聞くのがいちばんだからな」

わずか数時間前、いたいけな恥芯があの男に弄りまわされていたのは事実なのだ。

ぬっくりした空気が手を包みこみ、男の化身がドクンと脈打つ。

「腹痛だなんて、コンビネーションジャンプに失敗した理由もわかってるんだからな」

「あ……だ、だめです」

真理亜はとっさに足を閉じたものの、内腿の柔肉は指の侵入を容易に受けいれる。

こんもりした膨らみに触れた瞬間、直人は指先を押し返す弾力に陶然とした。

（なんて柔らかいんだ。これが、十六歳のおマ×コか）

スリットの位置にあたりをつけ、指をスライドさせれば、真理亜は眉尻を下げて艶っぽい声を洩らした。

「あ、ンっ」

「なんて、色っぽい声を出すんだ」

クロッチに突きでた突起に指腹を押しつけ、くるくると回転させては快美を吹きこむ。やがて布地が湿り気を帯び、発汗しているのか、ムンムンとした熱気がフリルの下にこもった。

「お前がエッチな女の子だということは、前からわかっていたんだからな。いやらしいことばかり考えてるから、練習に集中できなかったんだろ？」

「そ、そんなこと……あ、うっ」

布地に突きでた小さな尖りを、集中的に攻めたてる。真理亜は腰をよじるも、少なからず快感は得ているのか、頬と首筋が徐々に赤らみはじめた。

「はっ、やっ、やめて……ください」

「あの男にも、同じことを言ったのか？　そうは見えなかったぞ」

性感ポイントに微振動を与える最中、指腹にねっとりした感触が走り、昂奮のボルテージがいやが上にも上昇した。

（濡れてる、濡れてるぞっ！）

清廉な美少女が、肌着と衣装越しに淫液を滲みださせている。思っていた以上に、少女は性的な好奇心に満ち溢れているらしい。

「さ、もっと足を開くんだ」

「あ、くふっ」

左手で右太腿を掴んで引き寄せれば、フリルが捲れ、乙女のVゾーンが丸出しになる。直人は大股開きを自身の足で固定させると、らんらんとした眼差しを秘めやかな箇所に注いだ。

クロッチの中心には、楕円形のシミがくっきり浮きでている。

突然の蛮行にもかかわらず、真理亜は指だけの愛撫で秘園を濡らしているのだ。

「ほら、見てみろ。なんだ、このシミは？」

「あ……やっ」

少女は股間を見下ろしたあと、自らのふしだらな反応を恥じたのか、慌てて目を逸らした。

「好きでもない男にあそこを触られて、こんなに感じるとは。なんていやらしい女の子なんだ」

そっぽを向いている隙を突き、人差し指と中指を股布の裾からすべりこませる。ボディファンデーションの下をかいくぐった指は、すかさず少女の女芯を捉えた。

にちゃっと淫靡な音が響き、粘り気の強い分泌液が絡みつく。

「……あ」

真理亜は小さな悲鳴をあげたものの、女肉を撫でつけると、上体をビクンと引き攣らせた。

「あ、ンっ、ふうっ」

陰唇は早くも厚みを増し、熱源の中心は恥液でぬめりかえっている。女の窪みは粘膜が剝きだしの状態なのか、抵抗感は少しも感じない。

直人はぬるぬるの感触をたっぷり堪能したあと、肉の突起を探り当て、指先を小刻みに振動させた。

「は、ううぅっ！」

性経験が乏《とぼ》しいだけに、やはりクリトリスがいちばん感じるらしい。

「はっ、やっ、だめ、だめです」

「何が、だめなんだ。やめてほしいのか？　それとも、もっとたくさん触ってほしいのか？」

「あ、はあぁぁっ！」

真理亜の乱れようは、想像を遥かに超えるものだった。

喘ぎ声を途切れなく放ち、上体を左右に揺らしては腰をこれでもかとくねらせる。

巨大な快感に見舞われているのか、下肢の震えは今や全身にまで伝播《でんぱ》していた。

「はっ、はっ、ンっ、ふぅぅっ」

呆気に取られる一方、切なげな表情や濡れた唇が強烈なエロチシズムを発し、男の分身が破裂せんばかりに膨張する。

(信じられない……十六歳の女の子が、こんなにあだっぽい姿を見せつけるなんて)

もはや罪悪感やためらいは微塵もなく、直人自身も性的な好奇心に衝《つ》き動かされた。

(未成年の女とやるのは、初めてだからな)

今では、少女趣味の男たちの気持ちがわかる気がする。牡の本能が瑞々《みずみず》しい肉体を欲《ほっ》し、これまでにない昂《たかぶ》りに心臓が口から飛びでそうだ。

指先に力を込めて陰核に刺激を送りこめば、真理亜は目を虚ろにさせ、顎をクンと突きあげた。

「あ、あ、あ……」

あえかな腰がぶるっぶるっと震えた直後、彼女は細眉をくしゃりとたわめ、椅子の背にもたれる。

うっとりした顔つきを、直人は訝《いぶか》しげに見つめた。

(え……ひょっとして、イッたのか?)

愛撫を開始してから三分ほどしか経《た》っておらず、どうにも信じがたい。指を軽くスライドさせても、少女はなんの反応も示さず、まるで眠っているかのようだ。

(……エクスタシーに、達したんだ)

間違いなく、真理亜の身体は男を迎え入れる準備を整えている。頭の隅に残っていた理性が砕け散り、本能だけが一人歩きを始めた。

張りつめた股間の膨らみに拳を押しつけ、無理にでも自制心を働かせる。

椅子から腰を上げた直人は、猛禽類《もうきん》にも似た目で美少女を凝視した。

4

（やる……真理亜と、やるんだ）

少女の身をそっと起こし、ライトブルーの衣装を肩から捲り下ろす。

肌色のボディファンデーション、くっきりした胸の谷間が目を射抜いた瞬間、ハーフパンツの下の怒張が極限まで突っ張った。

柑橘系の匂いが立ちのぼり、鼻腔粘膜から大脳皮質を走り抜ける。

直人は布地を腰まで下げたあと、真理亜の身体を抱《かか》えあげ、長机にゆっくり座らせた。そのまま仰向けに寝かせ、目を血走らせながら衣装を脱がせていく。

（おおっ）

熱く息づく胸の膨らみ、流麗な身体の線に、直人は早くも鼻息を荒らげた。

肌にぴったり張りついた肌着がレオタードに見え、コスチュームプレイをしているかのような錯覚に陥る。

足元から衣装を抜き取れば、くっきりしたY字ラインとむっちりした太腿が牡の淫情をことさらあおった。

（この脚線美、たまらんぞ）

スケートは一枚刃の靴でバランスを取るため、どの選手も総じて足の筋肉が発達している。特に真理亜は足が長く、ふっくらした太腿の張りと艶は崇高な芸術品を目《ま》の当たりにしたときとまったく同じ感動を与えた。

なめらかな肌質はさすがに十代半ばの女の子で、もちろんシミやくすみはいっさい見られない。生クリームを彷彿《ほうふつ》とさせる肌を目に焼きつけ、まだ見ぬ少女の秘園に思いが募った。

両足を開けば、すぐにでも恥ずかしい箇所の眼福を味わえるのだ。前屈《かが》みの体勢から美脚を拡げ、ゆっくりM字開脚させていく。

「お、お……」

ふっくらした恥丘が露《あらわ》になるにつれ、直人の目は鋭さを増していった。

幅の狭いクロッチが肉土手に張りついた光景は、卑猥なことこのうえない。

楕円形のシミとマンスジ、上部に浮かんだ小さな突起。Vラインの布地が鼠蹊《そけい》部にぴっちり食いこみ、三角州に渦巻いていた媚臭が鼻腔粘膜を隅々までくすぐった。

（はあはあ……や、やばい）

下手《へた》をしたら、このまま射精してしまうのではないか。意識的に括約筋を引きしめ、放出願望を抑えこむも、ペニスはかまわず熱い脈動を訴える。

直人はTシャツを脱ぎ捨て、ハーフパンツの腰紐をほどき、いつでも肉の契りを交わせる準備を整えた。

今日の真理亜は午前中から練習を始め、汗をたっぷり掻いている。しかも間男と直人に秘芯をまさぐられ、淫水を垂れ流しているのだ。

乙女のデリケートゾーンは、どんな状態になっているのだろう。

本能の命ずるまま、クロッチを指でつまんで脇にずらせば、歪みのいっさいない細い陰唇が目に飛びこんだ。

(お、おおっ!)

ぷっくりした肉の丘には恥毛が楚々《そそ》とした翳《かげ》りを作り、生白い地肌が透けて見えている。

ダイヤモンド形に開いた膣口は予想以上に狭かったが、狭間《はざま》から覗くチェリーピンクの内粘膜が照明の光を反射してキラキラと輝いた。

(な、なんて、きれいなおマ×コなんだ)

まろやかな大陰唇も色素沈着はいっさいなく、やや半透明の濁り汁をまとわせた媚肉が息をしているかのように蠢《うごめ》く。

苛烈な指の愛撫が功を奏したのか、薄皮を剝いだクリットも存在感を誇らしげに見せつけた。

充血したしこりを目にした限り、かなりの頻度で男の愛撫を受けたのか、あるいは自慰行為の経験があるとしか思えないが……。

(果たして、本当にバージンなのか？)

胸騒ぎを抑えられず、無意識のうちに顔を近づければ、今度はぬっくりした南国果実の芳香が鼻腔を燻《いぶ》す。

「う、おっ」

新陳代謝の激しい年頃のせいか、強烈な女臭が交感神経を麻痺させ、狂おしいほどの情欲が込みあげた。

(はあはあっ……花びらがほころびて、蜜がこぼれ落ちそうだ)

かぐわしい女臭にいざなわれ、ストッパーが粉々に砕け散る。

右指で肉唇を押し拡げ、左手でハーフパンツを引き下ろそうとした刹那、真理亜の腰がピクリと震えた。

「う、うぅンっ」

ドキリとして顔を上げると、彼女は目をうっすら開け、自身の股間を見下ろす。

まだ意識が朦朧《もうろう》としているのか、少女はしばしボーッとしていたが、やがて瞳に動揺の色を浮かべた。

「あっ、あっ、やっ！」

大股を開き、ボディファンデーションの股布をずらされ、コーチに羞恥の源を凝視されているのだから、天地がひっくり返るほどの驚きだったろう。

真理亜が頭を起こした瞬間、直人は秘園にかぶりつき、陰核を肉びらごと口中に引きこんだ。

「ひっ⁉」

太腿が一瞬にして狭まるも、かまわず性感ポイントをチューチュー吸いたてる。

彼女は奇妙な呻き声をあげ、再び頭を長机に沈めるや、身を大きくよじった。

「ンっ、ひぃぅ」

「だめっ、だめです！　汚いからっ‼」

美少女の身体に、穢れた場所などあるものか。

舌で肉粒をあやし、はたまた口内粘膜で甘嚙みしては強引に快美を吹きこむ。

アンズにも似た味覚が口の中に広がり、ピリリとした刺激が舌先に走った。同時に淫水が粘り気を帯び、ふしだらな乳酪臭が鼻腔を突きあげた。

（おふっ、俺は今、真理亜のおマ×コを舐めまくってるんだ！）

乙女の聖域の芳香と味覚は峻烈《しゅんれつ》で、昂奮のパルスが脳幹を灼き尽くす。直人は肉づきのいい両足を抱えあげ、至高のクンニリングスに全神経を集中させた。

「あっ、やっ、ンっ、ふっ、はあぁぁっ」

喘ぎ声に甘い響きが含みはじめ、丸みを帯びたヒップがまたもやくねりだす。

愛の泉が滾々《こんこん》と溢れだし、口の周りは今やベトベトの状態で、真理亜が感じているのは疑いようのない事実なのだ。

上目遣いに様子をうかがいつつ、直人は渾身の口戯で少女の性感をあおった。

「やっ、やっ、やっ」

身体の打ち震えが顕著になり、恥骨が上下に揺すられる。快楽から少しでも気を逸らそうとしているのか、長机に爪を立て、前歯で下唇を嚙みしめる。

すっかり肥厚したクリットを執拗に舐め転がし、猛烈な勢いで吸引すれば、真理亜は弓なりの体勢から双臀を浮かした。

「ひっ、ひっ……く、ふっ」

身体の動きが止まり、やがて下肢から力が抜け落ちる。ヒップが長机に落ちたところで、直人は悪鬼の笑みを浮かべた。

（……イッたか？）

女肉を吐きだし、口の周囲に付着した淫液を手の甲で拭き取る。そしてパンツをボクサーブリーフごと引き下ろし、鋼の蛮刀を剝きだしにさせた。

剛直はパンパンに膨張し、宝冠部はすでに鬱血《うっけつ》している。

果たして、真理亜は処女か非処女か。

（ここまで来たら、もうどっちでもいいかも）

今は、満足するまで牡の欲望を排出したい。口の中に溜まった唾を飲みこんでから、直人は濡れそぼつ窪みに亀頭の先端をあてがった。

（チ×ポがコチコチだ。いつもよりでかいみたいだし、本当に……入るのかよ）

半信半疑の表情で腰を押しだし、男根の挿入を試みる。

「む、むむっ」

愛液のぬめりが鈴口に心地いい性電流を走らせたが、予想どおり、雁首が膣口をくぐり抜けない。

（せ、狭い）

臀部の筋肉を盛りあげた直後、真理亜は目を閉じたまま口元を引き攣らせた。

痛みがあるのか、それとも強烈な圧迫感に怯んでいるのか。心の内は読み取れなかったが、今さら中止する気はさらさらない。

「う、むっ」

気合一閃《いっせん》、腰を繰りだすと、牡の肉は入り口を通過し、膣内にズプッと埋めこまれた。

（入った……入ったぞ）

ついに、教え子である美少女と肉体関係を結んでしまったのだ。

冥府魔道の世界に足を踏み入れた以上、もはや行き着くところまで行くしかない。

真理亜が苦悶の表情を浮かべるなか、直人は慎重に腰を突き進めていった。

「あ……つっ」

痛みがあるのか、少女は呻き声をあげ、涙をぽろりとこぼす。

泣き叫ぶこともなく、今の時点ではバージンか否かはわからない。それでも締めつけは強烈で、ペニスが食いちぎられんばかりに疼いた。

やがて恥骨同士が接触し、男根が根元まで挿入される。

「なんとも……ないのか？」

「い……痛いです」

腰をゆっくり引いてみると、肉胴の表面に血液らしきものは付着していない。

「本当に初めてなのか？」

怪訝《けげん》な表情で問いかけると、真理亜は気丈にも目を吊りあげて答えた。

「本当です。嘘じゃありません」

悔しげな眼差しを目にした限り、嘘をついているとは思えなかった。

激しいスポーツに従事している女性の場合、処女膜が破れるケースがあるらしく、彼女もそのタイプなのかもしれない。

（まあ、この際、どっちでもいいか）

直人はニヤリと笑い、ゆったりした腰の律動を開始した。

「あ、やっ」

再び顔を背ける真理亜の様子を尻目に、さざ波ピストンを繰り返す。

締めつけは相変わらず強烈だが、駄々をこねる媚肉を掻き分け、さらには指先でクリットを触れるか触れぬ程度の力加減で弄りまわした。

「あ……ンっ」

少女が甘ったるい声を放ち、腰が微かにくねりだす。同時に膣圧も弱まり、抽送がややスムーズになった。

よく見ると、頬が赤らみ、微かに開いた口から湿った吐息がこぼれている。愛液も湧出《ゆうしゅつ》しはじめたのか、心なしか肉幹にぬめりがまとわりついたようだ。

剛槍もジンジン疼きだし、睾丸の中のザーメンが乱泥流のごとく荒れ狂った。

（お、むむっ、き、気持ちいい）

新鮮なシチュエーションが昂奮を高めているのか、寸止めが効かず、猛々《たけだけ》しい噴流が射出口を断続的にノックする。

「はあふう、はあふうっ」

直人は肩で息をしながら、腰のピストンを加速させていった。

「まともな結果を残せるまで、あの男との交際は禁止だ。これからは、俺がお前を満足させてやる。これは、コーチ命令だからな」

彼女は何も答えず、目を固く閉じたままだ。

「わかったか！」

一喝した直人は、悪鬼の表情から本格的な律動を開始した。

「ひぃぃっ」

しなやかな腰を抱えあげ、恥骨をガンガン打ちつける。クリットを削り取るように臀部をしゃくり、亀頭の先端で子宮口をこれでもかと穿つ。

「ひっ、やっ、ンっ、くふぅっ」

真理亜は苦痛の表情で身をよじったが、直人は情け容赦ないピストンを延々と繰り返した。

ひ弱な大学生などに、見目麗しい美少女は渡さない。明王スケートクラブを去るその日まで、女の悦びを教えこみ、はたまた自分色に染めあげるのだ。

「ぬおおぉっ」

媚肉が収縮を開始し、ペニスをギューギュー引き絞る。

感じているのかはわからないが、ぬるぬるした淫液がペニスの表面に絡みはじめ、素晴らしい快美に射精願望が上昇のベクトルを描く。

(あ、くう、だ、だめだ……これ以上は我慢できない)

大人の余裕をかなぐり捨てた直人は、必死の形相でラストスパートをかけた。

「あ、ンっ、はっ、はうううぅっ」

バツンバツンと肉の打音の合間に少女の喘ぎ声が響き、結合部から酸味の強い媚臭が立ちのぼる。

「ぬ、おおおっ!」

「ひぃうううっ」

最後に怒濤《どとう》の一撃を叩きこみ、膣から剛直を引き抜けば、鈴口から白濁の一番搾りが天高く舞いあがった。

「ンっ⁉」

濃厚なエキスは少女の首筋まで跳ね飛び、二発三発と飽くことなき放出を繰り返す。

合計六回は射出しただろうか、肌色のボディファンデーションはザーメンにまみれ、あたり一面に栗の花の香りが漂った。

「はあはあっ」

荒い息が止まらず、額から汗が滝のように滴り落ちる。

真理亜は目を閉じたまま、下肢を小刻みに痙攣させていた。

（や……やっちまった）

教え子を凌辱《りょうじょく》してしまい、胸がチクリと傷《いた》んだが、後悔は微塵もない。

愛液でドロドロのペニスを見下ろすと、胴体には破瓜《はか》を裏づける赤い筋が一本だけ絡みついていた。

第二章　ローターに噎び泣く美姉

1

（どうして、あんなことに……）

バージンを奪われた翌日、真理亜は鬱屈《うっくつ》した気持ちのままスケート場に向かった。

直人が指摘したとおり、今年に入ってからの不調の原因は自分でもはっきりわかっている。

景浦に声をかけられたとき、懐かしいという気持ちはさほどなく、フィギュアに集中していたため、最初は戸惑うばかりだった。

引っこみ思案で、自分の意見を主張できない性格が災《わざわ》いしたのかもしれない。

相手のペースに巻きこまれ、うっかり連絡先を交換したあとは、ひと月ほどラインでのやり取りが続いた。

デートの誘いを受けたとき、すぐさま妹に相談したのは、てっきり反対してくれると思ったからだ。ところが意に反し、ポジティブな性格の彼女は、演技に女らしさが出るのではと応援してくれたのである。

会える時間は月に一、二度しか作れなかったが、顔を合わせるたびに惹かれていく自分を抑えられなかった。

四回目のデートでキスをされ、頭がポーッとし、身体の芯が熱くなった。

十回目のデートでラブホテルに誘われたときはさすがに拒否したが、大切なものをあげてもいいという気持ちがないわけではなかった。

次回の会う約束を交わした際は、彼が初めての人になるのだと覚悟を決めた。

二股をするような不誠実な男だとは夢にも思わず、もしかすると、恋に恋していただけなのかもしれない。

(確かに昨日は……五分だけでも話がしたいと言ってたのに、強引にキスされて、あそこを触られたんだわ)

はっきり拒絶もできず、流れに任せるまま淫らな行為に耽《ふけ》ってしまった自分が情けない。しかも、その状況を直人に目撃されていようとは……。

スタッフルームの出来事が脳裏をよぎり、深い溜め息を洩らす。

逆鱗《げきりん》に触れたのは仕方ないにしても、バージンを奪われることになろうとは考えてもいなかった。

ふだんから厳しい指導をするコーチではあったが、練習以外では優しく、私生活の悩みにも親身に受け答えしてくれたのである。

女芯を指で執拗にまさぐられ、口で舐られたときはあまりの気持ちよさに驚愕した。景浦とは比較にならぬ性技に戸惑いつつも、呆然としているうちに頂点に導かれてしまったのだ。

男性器を膣内に埋めこまれた際、痛みを感じたのはほんの一瞬で、抽送が繰り返されるたびに快感の波が押し寄せた。

初体験が激しい痛みを伴《ともな》う話は聞いていたが、最初から肉悦を感じてしまうとは、自分の身体には淫らな血が流れているのかもしれない。

性的な好奇心が芽生えたのは中学二年のときで、内から迸《ほとばし》る情動を抑えられず、悶々とした日々を過ごすようになった。

学校に行けば男性教師、スケートクラブに赴《おもむ》けば、男子スケーターの股間が気になり、慌てて目を逸らしたことは一度や二度ではない。

いかがわしい欲望は自慰行為で発散していたが、はしたない振る舞いに何度も自己嫌悪を覚えた。それでも指が与えてくれる快美には敵《かな》わず、罪悪感を覚えたのも最初のうちだけだった。

イケメンの芸能人の容姿を思い浮かべ、ボールペンなどの器具を使用したオナニーに没頭したりもした。

もしかすると、そのときに処女膜が破れてしまったのかもしれない。

景浦に呼びだされたときは困惑する一方、心の内に抑えこんでいた好奇心が噴きだし、雰囲気に押し流されてしまった。

今にして思えば、なんとも浅はかではあったが、その一件からコーチにバージンを奪われることになったのだから、目まぐるしい展開に実感が湧かない。

スケート指導に情熱を傾けていたコーチが、なぜいきなり豹変したのか。行為のあとはいつもどおりに穏やかな態度で接してくれ、よけいに訳がわからなかった。

ひょっとして、夢か幻を見たのではないか。

情緒不安定に陥っているのは明らかで、直人から受けた蛮行は親にはもちろん、美優にも話していない。

（ううん、実際に起きたことなんだわ）

あそこに木の棒が挟まったような感覚は、はっきり残っている。

間違いなく、乙女の純潔をコーチに捧げてしまったのだ。

もしかすると、彼はまたもや淫らな行為を仕掛けてくるのではないか。

（あそこがまだ痛いし、絶対に無理だわ。あぁ、美優がいっしょだったら、よかったのに……）

彼女は昨日の夜から生理になり、練習には参加できそうになかった。

一人では行きたくないという本音と、行かなければという義務感に苛《さいな》まれる。

フィギュアスケートは大好きなスポーツであり、やはり子供の頃からの夢だったオリンピックをあきらめることはできなかった。

七月には出場資格の十六歳を迎え、ようやくスタートラインに立ったばかりなのである。やるだけのことをやってだめならまだしも、恋愛が原因で断念してしまったら一生後悔するだろう。

（いやよ……そんなの）

直人は自分の目を覚ますために、荒療治をしたのかもしれない。

世間知らずの少女は自分の身に起きた事態を消化できず、無理にでもそう思いこもうとした。

（いけない……グズグスしてたら、練習時間に遅れちゃう）

休場日の練習開始時間は午前九時からで、早朝練習がないのは幸いだったが、直人と顔を合わせるのはやはり気が重い。

（大丈夫……この時間帯なら、スケート場の関係者もいるだろうし、コーチだって変なマネはできないはずだわ）

無理にでも気を鎮《しず》めたものの、昨夜の行為がどうしても頭から離れない。なし崩し的に処女を奪われ、自分の指とは次元の違う快感に翻弄されてしまったのだ。

罪悪感にも似た心情が、真理亜をさらに落ちこませた。

この歳で性に興味を抱くなんて、普通の女の子と違うのではないか。

悲しいかな、練習漬けの毎日で、友人からさまざまな情報を得られないことも、少女の了見を狭くさせていた。

とにもかくにも、フィギュアスケートをやめる意志がない以上、今は直人の指導を受けるしかないのだ。

真理亜はいやでも気持ちを切り替え、小走りでスケート場の関係者出入り口に向かった。

2

(……来た!)

国道沿いに停めた車の中から少女の姿を確認した直人は、ようやく安堵の胸を撫で下ろした。

本能の赴くまま教え子に手を出してしまったが、紛れもなく強制性交等罪になり、警察が動けば、社会的に抹殺されてしまう。

事後、真摯《しんし》な態度でフォローはしたものの、親に報告するのではという一抹の不安は拭《ぬぐ》えなかった。

彼女が現れたという事実は、昨夜の一件を誰にも話していないことを意味する。

美優の姿がない点は、気がかりだが……。

(そういえば、昨日、調子が悪いと言ってたな。もしかして……あの日か?)

生理はコンディションを左右するばかりでなく、怪我に繋《つな》がる怖れもある重要な問題だ。デリケートな事案だが、ベストパフォーマンスを引きだすべく、直人は姉妹の生理予定日を把握していた。

（そうだ……そろそろ、その時期のはずだ。だとしたら……）

真理亜一人なら、願ったり叶ったりの状況ではないか。

鉄は熱いうちに打てではないが、教え子との背徳的な絆《きずな》をさらに深めておくのだ。

なんにしても、警察に告発していないのなら、このまま逃亡する必要はない。

直人はあたりを見渡し、人気《ひとけ》がないことを確認してからスマホを手に取った。

連絡帳を開き、真理亜の電話番号をタップすれば、すぐさま落ち着いた声音が返ってくる。

『……はい』

「真理亜か？」

『ええ』

「悪いが、駐車場に出てきてくれないか？　ちょっと、話があるんだ」

『……わかりました』

彼女は間を置いたあと、低い声で答えた。

昨日の今日だけに、不信感とためらいは捨てられないのだろう。

直人は車を駐車場に移動させ、スケート場の裏口を見つめた。

やがて、スポーツバッグを手にした真理亜が俯き加減で現れる。

「横に座ってくれ」

窓を開けて声をかけると、彼女は言われるがまま助手席に乗りこんだ。

やはり心なしか元気がなく、顔色もすぐれない。

直人は作り笑いを浮かべ、遠回しの懐柔策に打って出た。

「今日は、変わった練習をしようと思ってな」

「……どういうことですか？」

「俺がアキレス腱を痛めて引退したことは、知ってるよな？」

「え、ええ」

「原因は、練習のしすぎだよ。週に一回、休養日を作ったのは、身体を休める必要性があると思ったからだ」

真理亜は、その休養日を男とのデートに当てていたのだ。

浅はかな行為を悔いているのか、少女は申し訳なさそうに目を伏せる。

「今日、練習に出てきたということは、男よりフィギュアのほうをとったと思っていいんだな？」

いまだに迷いがあるのか、彼女は俯いたまま何も答えない。それほどあの男に未練があるのか、それとも昨夜のショックが尾を引いているのか。

「ドライブがてら、ゆっくり話そうじゃないか」

真理亜の返答を待たずに車を発進させ、穏やかな口調で言葉を続ける。

「気持ちはわかるよ。恋愛に興味を持つ年頃だということも。だが、お前には才能があるし、今がいちばんの伸び盛りなんだ。俺のときはフィギュアをいやでもあきらめるしかなくて、泣きまくったよ。だからこそ、お前には怪我以外のことでだめになってほしくないんだ」

横目でチラ見しながら、もっともらしいセリフで少女の心情に訴える。

「俺はスケーターとして、いや……一人の人間としても、お前に惚れこんでいる。オリンピックを目指す気持ちがあるなら、少しのあいだ、フィギュアに集中してくれないか？ 恋愛をしたいなら、メダルを取ってからでも遅くはないじゃないか」

「す、すみません」

感情が一気に溢れだしたのか、真理亜は嗚咽《おえつ》を洩らして謝罪する。

世間知らずの未熟な少女は、こちらの説諭を重く受けとめたらしい。

素直な性格はまだまだ伸びる素養を感じさせるが、それだけ信念がなく、心が弱いという見方もできる。

（恋愛ごときで成績が落ちたのも、そこがいちばんの原因なんだがな。それに……）

彼女にどんな落ち度があったとしても、コーチが教え子を凌辱《りょうじょく》する理由にはならない。大人の女性なら間違いなく怒りを露《あらわ》にするはずなのだが、少女には物事を冷静に判断する能力はまだ備わっていないようだ。

「ひっ、ひぐっ、ごめんなさい……いけないとはわかってたんですけど、断りきれないで、ずるずると……男の人に告白されたの初めてだし、あたし、舞いあがっちゃって……」

少女は口元に手を添え、子供のように泣きじゃくる。

とにもかくにも、あの男とは完全に手を切らせなければならない。

「ということは……あいつのことは、それほど好きじゃないのか？」

「……わかりません」

半年以上も交際し、ファーストキスの相手なら、そう簡単に忘れられないのは当然のことだ。

「あいつがうちのクラブでしたことは、昨日話しただろ？」

「はい……ショックでした」

「あの男とは、別れてくれるな」

「あの……」

「ラインで連絡すればいい。もう会えませんと。あとは着信拒否して、連絡先も削除すればいいんだ」

彼女にはまだ迷いがあるのか、沈痛な面持《おも》ちで口を引き結ぶ。

コーチを追放されるまで、あとひと月余り。貴重な時間をあんな青二才に邪魔されてなるものか。

あるアイデアを閃《ひらめ》かせた直人は、朗らかな口調で提案した。

「よし！　今日は予定を変更して、休養日にしよう」

「……え？」

「その代わり、明日を練習日にするんだ」

少なくとも、これで明日のデートは阻止《そし》できるはずだ。

にんまりすると、ようやくあきらめがついたのか、真理亜は鼻をスンと鳴らし、小さな声で了承した。

「……わかりました」

「今、連絡できるか？」

「……はい」

彼女がスポーツバッグからスマホを取りだすや、国道から横道に入ったところで車を停める。メッセージを打つ様子を見守りつつ、直人は少女の横顔をまじまじと見つめた。

儚《はかな》げな表情が妙な色気を漂わせ、股間の逸物がひりつきだす。

艶めく桜色の唇を目にすれば、すぐにでも貪《むさぼ》りつきたい衝動に駆られた。

(この先に洒落《しゃれ》たホテルがあるんだが、なんとか連れこめんかな。あそこまで離れていたら、知り合いに目撃されることもないだろうし。いや、しかし……)

昨日の今日で情交を結ぶのは、さすがに無理があるか。

なまじ真面目な性格だけに、景浦に別れを告げれば、しばらくは放心状態が続くはずだ。のんびり構えている時間がない以上、一日でも早く性の虜《とりこ》にしておきたいのだが……。

どうしたものかと思案する最中、メッセージを打ち終わったのか、真理亜は顔を上げ、深い溜め息をついた。

早くも喪失感に見舞われたのか、虚ろな目で前方を見つめる。

「送信したのか?」

「……はい」

「よし! よくやったな。えらいぞ」

直人は運転席から身を乗りだし、しなやかな肉体を優しく抱きしめたが、彼女はなんの反応も示さなかった。

（あのクソガキめ！　初心《うぶ》な教え子を、ここまで骨抜きにするとは。金輪際《こんりんざい》、絶対に会わせないぞ!!）

この様子だと、再び景浦からのアプローチがあれば、その瞬間に心変わりしてしまうかもしれない。それでなくても、真理亜は精神力の弱い女の子なのだ。

（奴が、直接会いにくるケースもあるのか。やっぱり……ラインを送らせたぐらいじゃ、心許《もと》ないな）

ベストな解決策を模索するなか、彼女の携帯が軽快な着信音を響かせた。

「……あ」

「誰だ？　景浦か？」

液晶画面には、確かに間男の名前が表示されている。真理亜は口元に手を添え、泣きそうな顔でうろたえた。

会話をさせれば、丸めこまれてしまう怖れがある。

「貸せっ！」

直人は有無を言わさずスマホを引ったくり、通話ボタンをタップした。

3

(これで……景浦さんとは終わったんだわ)

小洒落たホテルの一室で、真理亜は茫然自失していた。

魂が抜かれたような感覚に陥り、今は何も考えられない。車がどこをどう走ったのか、記憶がなく、自分が連れこまれた場所すら認識できなかった。

覚えているのは、コーチの鬼のような表情と景浦を責めたてる言葉だけだ。

辛辣《しんらつ》な非難が五分ほど続き、彼はさぞかし肝を潰したことだろう。

二度と近づくなという捨てゼリフのあとに電話が切られるや、感情を抑えられずに涙がどっと溢れでた。

景浦との交際が続けば、練習に身が入らず、選考会にさえ出場できなかったかもしれない。

(これで、よかったんだわ。コーチの言うとおり、恋愛なんてオリンピックが終わったら、いつだってできるんだもの)

十六歳なら、これから誠実な男性と出会う可能性はいくらでもある。

わかってはいても、すぐには割りきれず、悶々とした気持ちが少女の心を蝕《むしば》んだ。

この状況で、果たして練習に打ちこめるのか。心の弱い自分が恨めしく、また情けなかった。

（はあっ……なんか疲れちゃった。もう、どうでもいいかも）

ベッドに仰向けに倒れこみ、深い溜め息をつく。

「おい、大丈夫か？」

トイレにでも行っていたのか、直人が部屋の内扉を開けて現れると、真理亜は慌てて身を起こした。

「あ、コーチ。あの……ここって」

「お前がずっと泣きじゃくってるから、落ち着かせるために寄ったんだ」

「どこかの……ホテルですか？」

「うん、まあ、そんなとこかな」

あたりを見まわすと、ダブルベッド以外に大画面テレビ、洒落た丸テーブルと椅子、冷蔵庫が置かれ、窓の外は雑木林の風景が広がっている。

空はまったく見えず、どうやらこのホテルは山の中腹に建てられているらしい。

（きれいな部屋だけど、なんか……変だわ。冷蔵庫の横にある自動販売機みたいな機械は、何かしら？）

怪訝《けげん》な顔で身を乗りだすと、直人が大きな手で目の前を遮《さえぎ》った。

「こら、大丈夫かと聞いてるんだぞ」

「はい、いちおう……」

「なんだ、その中途半端な答えは。少しは落ち着いたのか？」

完全復活というわけにはいかないが、涙が枯れるほど泣き、不思議とすっきりした気分ではある。小さく頷《うなず》くと、直人は満面の笑みを浮かべた。

「眠いなら寝てもかまわんし、テレビを観たけりゃ、観ればいい。まあ、好きにしろ。昼頃にはここを出て、うまいものでも食いにいこう」

「……はい」

「俺は、ちょっとシャワーを浴びてくるから」

「あ、お風呂があるんですか？」

「ああ、トイレの横だよ。気がつかなかったのか？」

ボーッとしていて、部屋の間取りなど眼中になかった。

（もしかして、ここって……）

ロビーは広かった記憶があるが、ホテルの関係者らしき人物は誰も見なかった。

部屋の鍵は、直人がパネルのボタンを押し、下の受け口から自動で出てきたような気がする。もしかすると、この建物はラブホテルではないのか。

「じゃ、好きに過ごしてろ」

直人が部屋から出ていくと、真理亜はベッドから下り立ち、テーブルに置かれた小冊子を手に取った。

部屋の間取りや注意事項が記載されており、食事メニューのパンフレットが挟んである。

(やだ……何、これ)

映画のDVDの他、セーラー服やブルマ、ナースなどのコスプレ衣装も貸しだしており、少女は思わず気色ばんだ。

やはり、このホテルは大人の男女が愛を語らうための場所なのだろう。

昨夜の出来事をまたもや思いだし、身体の芯が熱くなる。

(……どうしよう)

一日経っても、膣内の疼痛は収まらないのだ。強引に迫られたら、はっきり拒絶できるだろうか。

妖しい雰囲気になることだけは、なんとしてでも避けなければ……。

寝たふりをしても、抱きつかれたら何も言えない気がする。

仕方なく、真理亜はテレビのリモコンを手に取った。

バラエティ番組を放送している時間帯ではないが、多少なりとも彼の気を逸らせるのではないか。いいアイデアだと思ったのも束の間、電源をつけたとたんにスピーカーから女の喘ぎ声が流れ、一瞬にして口元が引き攣った。

「え……嘘っ」

画面に目を向ければ、女性がベッドに仰向けに寝転び、開かれた両足のあいだに男性が跪《ひざまず》いている。彼は猛烈な勢いで腰をスライドさせ、薄いボカシの向こうでペニスの形がはっきり目視できた。

(や、やだ)

アダルトビデオの放送もホテル側のサービスなのか、おそらく前に利用したカップルが視聴していたのだろう。

黒髪の女性はかなりの童顔で、自分とさほど変わらぬ年齢に見えた。

狂おしげな彼女の表情に目が釘づけになり、チャンネルの切り替えやテレビを消すこともできない。

抽送のたびに女性は顔を打ち振り、豊満な乳房を上下左右に激しく揺らす。

バチンバチンと、肉のかち当たる音が高らかに鳴り響き、迫力ある男女の営みに胸の奥がモヤモヤした。

結合部がズームアップされ、今度は卑猥な肉擦れ音が耳朶《じだ》を打つ。

ぼやけた男性器は異様なほど巨大に見え、女体を刺し貫いていることがどうしても信じられない。

真理亜はその場から一歩も動けず、リモコンを握りしめたまま身を強《こわ》ばらせた。

『あ、あぁン、いい、すごい！　あ、気持ちいい!!』

つらそうな顔をしていても、女性は大きな快感を得ているらしい。

半日前、自分の膣の中にもペニスが挿入されていたのだ。

（経験を積めば……私も、気持ちよくなるのかしら）

獣じみた男女の情交に性感が揺り動かされ、女陰がポッポッと熱くなる。真理亜は空いた手を股間にあてがい、喉をコクンと鳴らした。

（あぁ……やだ）

あそこがムズムズしだし、身体の奥底から熱い潤みが溢れだす。

（新しい衣装に着替えてきたのに……）

昨夜はボディファンデーションはもちろん、衣装の股布も分泌液で汚してしまった。

二日続けてのはしたない現象に恥じらいながらも、性的な昂奮は上昇の一途《いっと》をたどるばかりだ。

直人から受けた愛撫が頭を掠めるや、心臓が拍動を速め、唇の隙間から熱い吐息がこぼれだす。指で秘芽を弄《いじ》られ、はたまた舐られ、天国に舞い昇るような記憶が脳裏に甦った。

ペニスを挿入されたときは痛みに身悶えたが、直人が射精する直前は確かに快感らしき感覚に見舞われたのである。

戸惑う少女の目の前で、男女の営みは終焉を迎えようとしていた。

『ああっ！　イクっ、イクっ、イッちゃう!!』

『俺もイクぞぉおっ！』

『イクっ、イクイクっ、イックぅうンっ』

女は鼻にかかった声で喘ぎ、顔をくしゃりと歪めて身を反らす。

男はペニスを膣から抜き取り、ふくよかな肉体を大きく跨いで腰を突きだした。

（……え？）

怒張が女性の顔に近づき、先端が口元に向けられる。次の瞬間、白濁液がびゅるんと迸り、鼻筋から眉間をムチのごとく打ちつけた。

射精は一度だけでは終わらず、二発三発と立てつづけに繰り返され、あどけない顔立ちが濃厚な精液にまみれていく。

（やっ⁉）

生まれて初めて顔面射精を目の当たりにし、今はただ愕然とするばかりだ。さらに男はペニスを差しだし、亀頭を唇になすりつける。

女は小さな口を開き、宝冠部をためらうことなく咥えこんだ。

（う、嘘っ！）

頬が飴玉を含んでいるように膨らみ、ちゅぷちゅぷと卑猥な水音が響き渡る。

彼女は紛れもなく、体液にまみれた男性器を舐めしゃぶっているのだ。しかも、うっとりした表情で……。

もちろんお掃除フェラの知識などあろうはずもなく、眼前の光景が信じられない。

不潔で穢らわしいと感じる一方、ドキドキするこの気持ちは何なのか。

画面が切り替わり、ソファに腰かけた同じ女性がまたもや大股開きで妖艶な姿を見せつける。画面の両サイドから奇妙な器具を手にした二人の男が現れ、真理亜は真剣な表情で注視した。

（何？　今度は何するの？）

右側の男が所持している代物はペニスの形をしており、大人の男女が営むときに使用するアダルトグッズではないか。

(左の男の人が持ってるピンク色の丸い物は……何かしら)

卵形の物体に記憶はなく、男は端から伸びた同色のコードをつまんでいる。

(あ、やっ)

ふたつの器具はバイブ機能がついているのか、微振動を繰り返し、やがて女性の恥部にゆっくり近づいた。

『あ、やぁぁンっ』

ふたつのグッズがボカシの向こうに消えるや、彼女は甘ったるい声を放つ。

目をとろんとさせ、唇をなぞりあげる仕草を目にした限り、あれらの物体は女体に多大な快感を与えるようだ。

はっきり確認できないだけよけいに気になり、性的な好奇心がいやが上にもくすぐられた。

ペニスの形を模したグッズは、どうやら膣への出し入れを繰り返しているらしい。

ピンクの物体は、クリトリスにあてがわれているのだろうか。

女性が淫蕩な顔つきで身をくねらせるたびに、まるで自分がされているかのような錯覚に陥った。

いけないとはわかっていても、指先が股ぐらに忍びこみ、性感ポイントに刺激を与えてしまう。

「あぁ……」

とたんに心地いい性電流が走り抜け、少女は知らずしらずのうちに身をくねらせた。

4

（おおっ、まさかこんな展開が待ち受けていようとは！）

内扉の隙間から美少女の姿を覗き見した直人は、嬉々とした表情を浮かべた。

最初はシャワーを浴びるつもりで部屋を出たものの、逃げだすのではないかという不安から踏みとどまり、扉の向こうでしばし様子をうかがっていたのだ。

扉は完全に閉めきってはおらず、一センチほどの隙間から覗けば、真理亜が帰り支度を始める気配は微塵も感じられなかった。

山の中腹にあるラブホテルだけに、一人で出ていく度胸や歩いて帰る決断はできなかったのかもしれない。

これなら大丈夫だろうと安心した直後、彼女はテレビをつけ、画面にアダルトビデオの映像が映しだされたのである。

直人は背を向けて佇《たたず》む彼女を見つめ、思わず含み笑いを洩らした。

今頃は、どんな顔で淫らなシーンを見つめているのだろう。想像しただけでワクワクし、昨夜の淫らな行為を思い返した。

膣内には破瓜の痛みが残っているはずで、情交する気はなかったが、股間の逸物がパブロフの犬さながら反応してしまう。

アダルトビデオは過激な内容で、ボカシもかなり薄い。膣内への男根の抜き差しが確認でき、顔面射精からお掃除フェラに至っては喜悦がピークに達した。

ベビーフェイスのセクシー女優は、インターネットで情報を得たことがある。

高校卒業直後にAVデビューしたそうで、今現在、ルックスや話題性に関しては注目度の高い女優だった。

(年齢が本当なら、真理亜とは三つしか違わないんだからな。果たして、どんな印象を受けてるんだ?)

目を凝らしたところで画面が切り替わり、男二人がグッズ攻めを開始する。ピンクローターを確認した瞬間、直人は心の中でガッツポーズを作った。

（おいおい、嘘だろ！　こんな都合のいい話があっていいのかよ）

にんまりとしつつ、真理亜の様子とテレビ画面を交互に見つめる。

彼女は相変わらず微動だにせず、ベッド脇に佇むばかりだ。やがて華奢な肩がピクリと動き、直人は首を傾げた。

（ん？　なんだ？）

左手はテレビのリモコンを握っており、右手だけを身体の前面部に回したように思える。よく見ると、腰が微かにくねり、耳を澄ませば、セクシー女優とは明らかに違う吐息が聞こえた。

（ま、まさか……昂奮して、オナニーしてるのか？）

アダルトビデオの過激なシーンに触発され、紛れもなく女芯を疼かせているのは間違いない。

先ほどまではボーイフレンドとの別離を悲しんでいたのに、今は性的な欲求に駆られている。変わり身の早さに驚嘆したものの、年頃の少女はそれだけ性への関心が高いのだ。

（よほどのブ男でもなければ、相手は誰でもよかったのかもしれんな）

独り合点《がてん》したところで、彼女の右手の動きが激しさを増していく。

なんにしても、景浦への想いを断ち切らせるには絶好の機会でもある。直人はタイミングを見計らい、声をかけることなく内扉を開け放った。

「……あ!?」

気配を察したのか、真理亜が肩越しに振り返る。その顔は桜色に染まり、目はすでに虚《うつ》ろと化していた。

彼女は慌ててテレビを消そうとしたが、リモコンを床に落としてしまう。

直人は余裕綽々の表情で近づき、しなやかな身体をそっと抱きしめた。

「そんなに驚くことはないさ。別に、恥ずかしいことじゃないんだから」

「ち、違うんです！　テレビをつけたら、勝手に映っちゃったんです」

「わかってるよ。前のカップルが観てたのは……さあ、ベッドに横たわって、気持ちを落ち着かせるんだ」

「は、はい」

よほど恥ずかしいのか、真理亜は言われるがまま布団に潜りこんで背を向ける。

リモコンを拾いあげた直人はすぐさまテレビを消し、真横にある自動販売機に近づいた。

（くくっ……どんな顔をするのか、楽しみだな）

ハーフパンツの尻ポケットから財布を取りだし、紙幣投入口に千円札を二枚入れる。

ガコンという音に続いて受け口に商品が出てくると、直人はほくほく顔で箱の上蓋を開けた。

(なんだ、リモコンで作動させる方式じゃないのか。これで二千円とは、高いな。でも……USBの充電式と違って、電池式ならすぐに使えるし、いいかもな)

ビニール袋から商品と電池を取りだし、このあとの展開を思い浮かべて悦に入る。

アダルトビデオを視聴して昂奮していたのだから、乙女の恥芯もそれなりの様相を呈しているはずだ。

プラスチック製の裏蓋を開けて電池をセットし、横目で探れば、真理亜は慌てて目を逸らし、掛け布団を引っ張りあげた。

(何をしてるのか、気になったんだな。布団を被って、身を守ってるつもりか?)

あくどい企みに昂奮度が増し、パンツの下のペニスが小躍りする。

直人は美少女にゆっくり近づき、ベッドに片膝をついた。

「……真理亜」

小声で呼びかけるも、彼女は何も答えずに寝たふりを決めこむ。

(ふっ、頭のてっぺんだけ覗かせて、かわいいじゃないか)

手にしたグッズをそっと近づけ、電源のスイッチをオンにすれば、低いモーター音が鳴り響き、卵形の物体がバイブレーションを開始した。

掛け布団から覗く後頭部に押し当てると、少女は小さな悲鳴をあげる。

「きゃっ」

「ふふっ、何だと思う？」

「わ、わかりません」

「気になるなら、自分の目で確認してごらん」

好奇心をさりげなく刺激するや、真理亜は布団を恐るおそる下ろして振り向いた。

「……あ」

「何だか、わかるか？」

彼女は目を見開き、驚きの表情を見せる。直人が自動販売機で購入したものは、AV男優が使用していたピンクローターだった。

卵形のバイブから伸びたコードは電池の入ったケースに繋がっており、リモコンで操作はできなかったが、これでも十分満足させられる。

淫らなグッズで多大な快感を与え、景浦への心残りを吹っ切れさせるのだ。

直人は布団を捲り、ローターを首筋に這わせた。

「あ、や……」

真理亜は拒絶の言葉を放ったものの、身を起こすでもなく、仰向けに寝そべりつづける。かまわずピンクの球体を胸元にすべらせれば、かわいい喘ぎ声が唇のあわいから放たれた。

Tシャツの下は衣装とボディファンデーションのみで、ブラジャーは身に着けていないはずだ。

ローターの振動がより伝わるのか、真理亜は切なげな表情で身を震わせた。

「ンっ、くっ」

「どうした？　どんな感じだ？」

「く、くすぐったいです」

「それだけか？　なんか、すごく気持ちよさそうな顔をしてるぞ」

「そ、そんなこと……あっ」

バストの頂点にグッズを寄せると、美少女は細い顎を突きあげ、腰を悩ましげにくねらせた。

「さっきのエロビデオの女優さん、同じ物を当てられてたよな？　じっと観てたけど、興味があるのかな？」

「きょ、興味なんて……あ、ンううっ！」

ケースの端についているダイヤルを回すと、真理亜は電流を流したかのように身をひくつかせた。

「これはピンクローターと言ってね、バイブレーションの強弱が可能なんだ。いちばん強くしてみようか？」

「あ、ンふぅ！」

巨大な快感に襲われたのか、少女は眉をたわめてシーツに爪を立てる。舌舐めずりした直人はベッドに這いのぼり、やや開きかけた両足に淫靡な視線を送った。

果たして、ジャージ越しにどれほどの快美を与えられのか。

頃合いを見計らい、ローターを股の付け根に移動させる。

「……あっ⁉」

慌てて足を狭めたことからグッズが内腿沿いに固定され、バイブレーションが性感ポイントを直撃したようだ。

「ひ、ぃう！」

強烈な快感電流に見舞われたのか、真理亜は声を裏返し、身を弓なりに反らせた。

「アダルトビデオを観て、何をしてたんだ？」

「あっ、あっ、あっ」

「まだ、気持ちが浮ついてるようだな。いけない子だ、たっぷりお仕置きしてやるぞ」

「ゆ、許してください……ン、くっ⁉　あ、あぁン」

指先に力を込め、ローターを乙女の秘所にぐいぐい押しつける。

うるうるした瞳、すっかり赤らんだ目元、唇の隙間から放たれる甘え泣き。女子高生とは思えぬあだっぽい容貌が、牡の欲望に火をつけた。

処女を奪った翌日にもかかわらず、淫らな性技でさらなる快美を与えたかった。

桜桃にも似たリップに吸いつき、まずは瑞々しい弾力を心ゆくまで味わう。

「ンっ、ぷっ、ふうっ」

真理亜は苦しげに呻《うめ》いたが、口中に差し入れた舌を自ら搦《から》め捕り、激しい勢いで吸いたてた。

牝の本能が覚醒したのか、それとも快楽から少しでも気を逸らすための所為なのか。

いずれにしても、まがまがしい情欲は怯むことなく上昇し、男の分身がビンビンになった。

（もう我慢できん！）

唇をほどいて身を起こし、再びバストの頂点にローターをあてがう。そしてジャージズボンの上縁に手を添え、忙《せわ》しなく引き下ろしていった。

「あっ、あっ……」

真理亜は泣きそうな顔で見つめていたが、拒絶の言葉は出てこない。

「膝を曲げて」

「……やっ」

「膝を曲げるんだ」

強い口調で命令すると、彼女は指示どおりに膝をくの字に曲げ、労せずしてズボンを足首から抜き取る。

直人は涎が垂れそうな口元を引きしめ、ギラギラした視線を少女の下腹部に向けた。

フリルの裾から伸びたむちむちの太腿が、凄まじい劣情を催させる。

スケーター特有の肉づきは普通の女性には見られないもので、真理亜は足が長いぶん、より魅力的に映るのだ。

「さあ、足を拡げるんだ」

「い、いや……です」

「恥ずかしがることなんて、何ひとつないぞ。お前の大切な場所がどうなってるかは、ちゃんとお見通しなんだから」

「……あ」

強引に足を割り開けば、フリルが捲れ、衣装のクロッチが露になる。

「だ、だめですぅ」

美少女は涙目で細い声をあげたが、ただ牡の淫情をあおるだけにすぎない。中心部に滲みだしたシミを目にした直人は、さっそく言葉責めを開始した。

「なんだ、このシミは？　こんなに濡らして、そんなに気持ちよかったのか？」

よほどいたたまれないのか、真理亜は顔を背け、上下の唇を口の中ではむ。

股布の中心を指でなぞれば、濡れジミはスリットに沿ってみるみる広がった。

「ンっ、ふぅっ」

「ずいぶん、色っぽい声を出すじゃないか。これなら、どうかな？」

「あ、ひぃやぁあぁぁっ！」

振動を最強にしたローターを縦溝の頂点に押し当てたとたん、真理亜は絹を裂くような悲鳴をあげながらヒップをバウンドさせた。

顔を左右に打ち振り、腰を盛んにくねらせ、まさに悶絶という表現がぴったりの乱れっぷりを見せつける。

「やっ、やっ、やぁあぁぁっ！」

「いや、じゃなくて、気持ちいい、だろ？」

安物のアダルトグッズでも、これほどの快楽を与えるのだ。

（リモコン式のローターなら、もっと楽しめそうだな）

いかがわしい計画を頭の中で練り、教え子の悩乱姿をたっぷり見物する。やがて鼠《そ》蹊《けい》部の筋がピンと浮き立ち、小高いバストが大きく波打った。

「あっ、あっ、あっ」

ほっそりした身体が一瞬にして強ばり、虚ろな眼差しが宙にとまる。真理亜は腰を大きくわななかせたあと、憑きものが落ちたような表情に変わっていった。

（ふっ……イッたか？）

牡の肉が熱い脈動を訴え、煮え滾《たぎ》る欲望が内から突きあげる。直人はTシャツを頭から剝ぎ取り、ハーフパンツをボクサーブリーフもろとも脱ぎ捨てた。

もはや、破瓜《はか》の痛みがあろうと関係ない。

恥肉を牡の肉で貫き、男子の本懐を遂げつつ、真理亜の頭から景浦の面影を追い払うのだ。

（はあ、ふう……いや、慌てる必要はない。ここなら、誰にも邪魔されることはない

んだから、それに……休憩時間もまだまだあるしな)

直人はバイブの振動を「弱」にしてから、少女の顔の真横に下腹部を移動させた。

手を伸ばしてローターを再びクロッチにあてがい、腰をそろりそろりと突きだせば、裏茎がふっくらした唇のあわいを上すべりする。

「……おふっ」

濡れたリップが強靭《きょうじん》な芯を刺激し、なんとも心地いい。性衝動に駆られるまま腰の律動を速めていくと、快感のタイフーンが勢力を増して吹き荒れた。

「はっ、はっ、はっ」

「ン、ンぅ」

我に返ったのか、真理亜が目をうっすら開け、弱々しい眼差しを向ける。

彼女は、決していやがる素振りを見せない。

直人はソフトなスライドを繰り返したあと、亀頭の先端で口をこじ開けた。

「ンっ、ふっ」

唇の狭間に肉棒をねじこみ、浅い出し入れで様子をうかがうも、ねっとりした口腔粘膜が先端をやんわり包みこみ、気持ちいいことこのうえなかった。

(あぁ、信じられない……真理亜にフェラさせてるなんて)

直前に視聴したアダルトビデオが、抵抗感を多少なりとも和らげたのかもしれない。それでも息苦しいのか、少女は目を固く閉じて小鼻を膨らませた。

「うっ、ぶっ、ぷぷっ」

「チ×ポに唾をたっぷりまぶして。歯を立てたら、だめだぞ」

不埒《ふらち》なレクチャーをしつつピストンを加速させれば、口唇の端から小泡混じりの唾液が滴った。

「あぁ、いい、いいぞぉ」

「むふっ、むふぅぅっ」

生温かい粘液が男根にまとわりつき、ふたつの肉玉がクンと持ちあがる。

ローターはいまだに股の付け根に押し当てているため、苦痛と快感の狭間でさぞかし煩悶《はんもん》しているに違いない。

真理亜は目尻に涙を溜め、腰を左右によじっては足をばたつかせる。もがき苦しむ悲痛な表情が、サディストの血をさらに燃えあがらせるのだ。

くぽっくぽっと淫らな水音が響き渡り、異様な昂奮に喉が干あがる。射精欲求が臨界点を飛び越え、欲望の排出を抑えられない。

「む、むむっ……イクぞっ」

「ぶふぅっ!?」

ここぞとばかりに腰をシェイクさせ、肉槍の穂先を喉深くまで押しこむ。

「むふっ!?」

真理亜が目を見開いた瞬間、直人は怒張を引き抜き、己《おのれ》のリビドーを解放した。

亀頭の切れこみ口から、濃厚な白濁液が一直線に迸る。

「ひ……ンっ」

牡のエキスのほとんどは逆側のシーツにぶちまけられたが、二発三発目は少女の片側の頬に降り注いだ。

ザーメンが付着した女の顔はみだりがましく、至高の射精感に拍車をかける。

「はあはあっ」

真理亜は目と口を閉じたまま、ピクリとも動かない。肩で息をした直人は肉根を握りこみ、再びなめらかな唇に押し当てた。

「しゃぶって、きれいにしてくれ」

セクシー女優は、淫らなお掃除フェラをたっぷり見せつけてくれた。

峻烈な性技は、頭の中に刻まれているはずだ。

期待に満ちた顔で待ち受けるなか、少女は口をためらいがちに開け、ザーメンまみれの宝冠部をゆっくり呑みこんでいった。

「お、おおっ」

感動にも似た思いが胸の内に広がり、腰がぶるっと震える。

真理亜は小さな口をモゴモゴ動かし、柔らかい舌と口腔粘膜で亀頭を丹念に舐めしゃぶった。

「いい、いい、気持ちいいぞ」

お掃除フェラに従事する教え子を見下ろし、目を細める。

（まだまだ、こんなものじゃ終わらないぞ。これから時間をかけて、性奴隷に仕立てあげてやるからな）

しょっぱいのか、苦いのか。真理亜は顔をしかめるも、拒絶することなく汚れたペニスを清めていく。

放出した直後にもかかわらず、牡の証《あかし》は少しも萎える気配を見せなかった。

第三章　姉の痴態を覗き見する妹

1

ラブホテルの出来事から二週間後、真理亜は複雑な表情で早朝練習に赴《おもむ》いた。
新学期が始まり、景浦からの連絡も途切れてしまったため、今は練習漬けの毎日だ。
午前五時過ぎ、明王スケート場に到着し、関係者専用の裏口に走り寄る。
神妙な面《おも》持ちでドアノブを回すと、すでに扉の鍵は外されていた。
（コーチ、もう来てるんだわ）
さっそく照明のついた通路を駆け抜け、指定された室内トレーニング場に向かう。
「……あ」

ハーフパンツ姿の直人が視界に入ったとたん、意識せずとも胸が高鳴った。

アダルトビデオの視聴、大人のおもちゃを使用したプレイ、そして口での奉仕から汚れたペニスを舐めしゃぶった光景をいやでも思いだす。

気が遠くなるほどの快感にどっぷり浸り、頭の中が何度も真っ白になった。

あのあと、膣内に男根を挿入され、二度目の情交を結んでしまったのだ。

この二週間は肉体関係こそなかったが、関係者らの目を盗み、スタッフルームや室内トレーニング場で何度も身体をまさぐられた。

そのたびに指だけで絶頂に導かれ、愉悦と罪悪感の狭間《はざま》で煩悶《はんもん》したのである。

今日の練習は真理亜だけが早出の指示を受け、美優は一時間後に合流する予定だった。

(今度は誰もいないし、エッチを迫ってくるんじゃ……)

なぜ、はっきり断れないのだろう。

コーチの数々の仕打ちは、どう考えても尋常ではない。

それがわかっていても、心のどこかで待ち望んでいる自分も否定できず、少女は自身の感情をまったくコントロールできずにいた。

不安と期待が交錯し、早くも心臓が早鐘を打ちだす。

「こら、遅刻だぞ」

「す、すいません」

「早く入れ。まずは、ストレッチだ」

「は、はいっ！」

六年間の厳しい指導が身に沁みついているのか、小気味のいい声で答えてしまう。

真理亜はトレーニングマシンの横を通りすぎ、奥のスペースに駆け寄った。

スニーカーを脱ぎ捨て、ライトグレーの絨毯の上にバッグを置いて息を整える。

バージンを捧げてから二人きりになるのは練習では初めてのことで、さすがに緊張感は拭《ぬぐ》えない。

顔が上げられず、真理亜はやや俯き加減で直人のもとに歩み寄った。

「ジャージを脱いで、開脚前屈だ。俺が後ろから背中を押してやる」

「は、はい」

返事はしたものの、第三者の目がないだけに、肌の露出が多い格好になるのは抵抗がある。気まずげな顔をするなか、直人は苛立ちを覚えたのか、目尻を吊りあげて叱責した。

「なにボーッとしてるんだ？　練習する時間が、どんどんなくなるだけだぞ。やる気がないのか？」

「そんなこと、ありません」

「だったら、早くしろ」

「はいっ」

仕方なくTシャツを頭から抜き取り、ジャージズボンのウエストに手を添える。

横目で様子をうかがえば、コーチは腕組みをしたまま、いつもと変わらぬ表情で待ち受けていた。

（ホントに……練習するつもりなのかしら？　単なる取り越し苦労だったのかも）

緊張がやや和らぎ、ようやくズボンを下ろしてストレッチに備える。

すかさず床に腰を落とし、両足を前方に投げだすと、直人は背後からゆっくり近づき、背中に大きな手をあてがった。

「さあ、始めるぞ」

「よろしく……お願いします」

手のひらから彼の体温が伝わり、またもや胸がドキドキしだす。ストレッチを始める前から、真理亜の身体は汗ばんでいた。

直人は相好《そうごう》を崩さずに柔軟のアシストをし、やがて低い声で問いかける。

「どうした？　筋肉がガチガチだぞ」

「す、すみません」

「怪我をしないよう、しっかりほぐしておかんとな。ところで……景浦とはその後、どうなったんだ？」

「連絡もないし……会ってません」

「ホントか？」

「本当です！　携帯を確認してもらってもけっこうです」

景浦は強引なところもあったが、決して好戦的な性格ではなく、直人の剣幕に怯んでしまったのかもしれない。

「俺にも覚えがあるが、あの年代の男は女のことばかり考えてるもんだ。このあたりじゃ、お前は有名人だし、仲間内に自慢したかったんじゃないか？　あの子と寝たんだぜってな。本当に心の底から好きなら、俺に反対されたぐらいで、あきらめるはずはないだろ？」

コーチの言うとおり、景浦は最初から身体目的で誘いをかけてきたのか。マスコミに注目されている女の子と交際することで、己《おのれ》の優越感を満足させたかったのか。

愛する人のために手を引いたとも考えられるが、連絡はいっさいないので、彼の真意は確認しようもない。

（いいわ……それなら、それで。私にはスケートがあるんだから）

景浦の面影を無理にでも振り払おうとしたものの、ファーストキスやペッティングまでした仲だけに、そう簡単に割り切れるはずもなかった。

モチベーションが上がらず、ストレッチにも身が入らない。

（だめ……真面目にやらないと、またコーチに怒られちゃう）

気を取りなおした瞬間、真理亜は背筋をゾクリとさせた。

（……あっ）

背中に硬い物体が押しつけられ、振り返らなくても男性器であろうことは推測できる。彼は床に膝をつき、股間の膨らみを密着させているのだ。

瞬く間に全身の血が沸騰し、あそこがジンジン疼きだした。

コチコチの膨らみが衣装越しに伝わり、意識せずとも身体の芯が火照りだす。

「どうした、もっと足を拡げるんだ」

「は、はいっ」

開脚したところで、背後から伸びた手が太腿を撫でさすった。

（……あ）

言葉を呑んだ直後、指先は内腿沿いに女の園に向かって這っていく。

拒否反応を起こしても、身体が金縛りにあったように動かず、足を閉じることすらままならない。

フリルをくぐり抜けた指は、女の大切な箇所をピンポイントでとらえた。

「ここも、ちゃんとほぐしておかんとな」

直人は低い声で呟き、クロッチの中心にソフトな刺激を与える。

「あ……う」

とたんに快感の渦に巻きこまれ、少女は切なげな表情で形のいい顎を突きあげた。

2

（ふふっ……緊張してるのは、仕方がないか）

処女の花を散らしてから二週間余りが過ぎ、破瓜《はか》の痛みは完全に消え失せているはずだ。

案の定、気弱な少女はあの日の蛮行を誰にも話していないらしい。

（男と乳繰り合っていたビデオがある以上、口を噤《つぐ》むしかないよな。俺とのことを

公《おおやけ》にすれば、不純異性交遊の事実も親に知られてしまうんだから）

乙女のプライベートゾーンをさすりながら、直人はほくそ笑んだ。

恥丘の膨らみは熱化し、仄《ほの》かな湿り気を帯びている。スリットと思われる箇所を執拗にくじれば、真理亜は困惑げに腰をよじった。

両足は心なしか狭まったものの、肉体に生じた快美に抗《あらが》えないのか、艶っぽい喘ぎ声が微かに洩れ聞こえる。

「あ、や、ンっ、ふぅっ」

この調子なら、間違いなく三度目の情交に持ちこめそうだ。

（わからんもんだな。まさか、真理亜がこんなにエッチな女の子だとは）

性の奴隷に仕立てあげ、スケートに集中できない状態にしてやれば、オーナーやコーチを辞める日まで、あとひと月足らず。

ーチのあとを継ぐ倉橋へのいい置きみやげになる。

（最終仕上げは、来週末の三連休だな）

この時期は毎年、近場のスポーツ施設へ集中合宿に赴く。

最寄りの大学が所有しているスケートリンクを借り受け、朝から晩まで練習漬けにしつつ、演技の総チェックをしてから冬の大会に臨むのだ。

（いつもは美優も連れていくんだが、なんとかして真理亜一人に絞りたいな）

今年のアイススケートシーズンは、オリンピックの代表選手になれるか否かの大切な大会が控えている。

（それを理由に、妹のほうは合宿参加をあきらめてもらうか）

あこぎな計画を練りつつ、指先をクロッチの脇から潜らせると、愛液がくちゅんと淫らな音を立てた。

陰唇が肥厚しており、肉の尾根が鶏冠のごとく突きでている。クリットを軽く撫でただけで、真理亜は電気ショックを受けたように身をひくつかせた。

「あ、ンっ、だめ……だめです」

「すごいぞ、もう濡れてるじゃないか」

「あ、はぁあっ」

「わかってるよな？　自分のあそこが、どうなってるのか」

よほど恥ずかしいのか、美少女は腰を盛んにくねらせ、熱い吐息を間断なく放つ。

とても、処女を喪失して日が浅いとは思えぬほどの乱れっぷりだ。

もともと性感が発達しているのか、それとも生まれつきの淫乱体質なのか。いずれにしても、真理亜はソフトな指技だけで頂点に達し、恥骨を上下に振りたてた。

「あっ、やっ、ンっ、ンっ、ンふっ！」

とたんに脱力して直人の股間にもたれかかり、ひしゃげたペニスがズキンと疼く。

首筋から匂い立つ発情臭を嗅いだだけで、下腹部に情欲の暴風雨が吹き荒れた。

(これだけ感度がよければ、いやらしいことばかり考えるのも無理ないか。どうりで、練習にも集中できないはずだ)

体力のあるアスリートは総じて性欲の強い傾向が見られるが、その中でも真理亜は別格なのかもしれない。

直人は細い肩を支えつつ、彼女の左手を牡の膨らみに導いた。

柔らかい手と指で逸物を揉みほぐせば、怒張の芯がことさらしなる。上から覗きこむと、真理亜は頬を上気させ、うっとりした表情をしていた。

(なんて、いやらしい顔をしてるんだ)

肩を揺り動かし、しなやかな肉体をこちらに向けさせる。

「おい、大丈夫か？」

少女は目を開けたものの、焦点がまるで合っておらず、やがて虚《うつ》ろな眼差《まなざ》しをパンツの中心部に向けてきた。

「……あぁ」

「お前がエッチだから、こんなになっちまったんだぞ。どうしてくれるんだ？」

問いかけながら手を離しても、彼女は股間を軽く握りしめたままだ。

男性器によほど興味があるのか、脇目も振らずに注視し、喉を何度も波打たせた。

「……見たいか？」

真理亜は何も答えず、コクンと小さく頷《うなず》く。

「いいぞ、お前の好きなようにして」

軽く背中を押してやれば、少女はややためらいがちにハーフパンツの上縁に手を添えた。

紺色の布地が、下着ごとゆっくり引き下ろされる。中に押しこめられていた肉筒が反動をつけて跳ねあがり、透明な粘液が扇状に翻《ひるがえ》る。

少女は目を見張り、小さな鼻をヒクヒクさせては吐息をこぼした。

「……はあぁ」

「いいんだぞ、直接触っても」

穏やかな口調で促《うなが》すと、真理亜は震える手で肉棒をそっと握りしめる。青膨れの血管が脈動し、ふたつの肉玉がキュンと吊りあがった。

「どんな感じだ？」

「お、大きくて……硬いです」

「ただ握ってるだけじゃ、だめなんだぞ」

遠回しにレクチャーすると、少女は自ら怒張をしごきたてる。鈴口から滴り落ちた我慢汁が指の隙間にすべりこみ、にっちゃにっちゃと卑猥な音を奏でた。

「むむっ」

ふっくらした指腹の感触が、なんとも気持ちいい。少しでも油断すれば、すぐにでも射精へのカウントダウンが始まってしまいそうだ。

(十代のガキじゃあるまいし、手コキでイクわけにはいかんぞ)

真理亜は顔を近づけ、頬を染めながら息を荒らげる。

ペニスへの好奇心を隠さぬ初々《ういうい》しい姿が、昂奮度をより高めるのだ。性体験のある大人の女性なら、これほどワクワクさせない。

口の中に溜まった唾を飲みこんでから、直人はさらにけしかけた。

「口で……してごらん」

「……え」

ラブホテルでは強制的に口戯とお掃除フェラをさせたが、彼女自らの意志で奉仕させたいという思いもある。十六歳の少女に積極的な口唇奉仕を求めるのは無理があるのか、真理亜はさすがに気色ばんだ。

「このあいだ、俺もお前のあそこをたっぷり舐めてやっただろ。口の愛撫は、大切な前戯なんだぞ」

「あ、あの……」

「なんだ？」

「練習は、しなくていいんですか？」

唐突なもっともらしい質問に、直人は吹きだしそうになった。

どこからどう見ても、練習をこなせる状況ではないのだが、今の彼女にまともな判断能力はないようだ。

「アダルトビデオで観たよな？　オーラルセックスのやり方は」

泣きそうな顔で小さく頷く美少女がいじらしく、亀頭冠がパンパンに張りつめる。

「ひょっとして……景浦にもしてたんじゃないだろうな」

「し、してません！　この前も言ったとおり、キスと服の上から触られただけなんですっ」

悲しげな顔で否定する真理亜の目に、嘘は見られない。あのまま放置していたら、かわいい教え子は今頃、軟派男の餌食にされていただろう。

（どうやら、景浦とは完全に切れたと思っていいみたいだな）

ホッとしたところで、直人は満足げに笑った。

邪魔者が消えた以上、慌てて事に及び必要はなく、性の奴隷にゆっくり貶《おとし》めてやればいいのだ。

「そうだな、先に練習しておくか」

「は、はい」

安堵したのか、それともがっかりしたのか、目を伏せた彼女の表情から心の内まではうかがい知れない。

直人はハーフパンツと下着を引きあげ、やや上ずった口調で次の指示を出した。

「その前に……もう少し、身体をほぐしておかんとな。足を開け」

「え、このままの体勢からですか？」

「そうだよ、早くしろ」

向かい合っているだけに、足を大きく拡げるのは恥ずかしいようだ。それでも真理亜は口答えすることなく、美脚をゆっくり開いていく。

（ふっ、ラブホテルでは、びっくりするほどの乱れっぷりを見せてくれたからな。もう一度見たいがために、用意してきたんだ。いやというほどよがらせて、自分からチ

×ポにむしゃぶりつかせてやるぞ)

直人は逸《はや》る気持ちを抑えつつ、ハーフパンツのポケットに手を突っこんだ。

3

(最近のお姉ちゃんの様子……どう考えても、おかしいわ)

妙な胸騒ぎを覚えた美優は、予定の練習時間より三十分早く明王スケート場に向かった。

先々週の月曜、直人は姉に居残り練習を命じ、そして今日も早朝練習の早出を命じたのである。大きな大会の前ならまだしも、アイススケート期間に入っていない時期では初めてのことだ。

それ以上に、美優が疑問を抱いたのが真理亜の生活態度だった。

何をしていてもうわの空で、ボーッとしていたかと思えば、沈んでいる姿を目にする機会が多くなり、ボーイフレンドの話をまったくしなくなった。

別れたのかと聞けば、儚《はかな》げな微笑を返すばかりで埒《らち》があかない。

(ううん、別れたのなら、そう言ってくるはずだわ)

小さい頃から姉妹仲がよく、どんなことでも相談しあい、隠し事はしない間柄だったのである。

景浦との交際は、美優が背中を押したことがきっかけだった。

十六の乙女なら、恋のひとつやふたつしていても不思議ではないと思ったからだ。

演技にもいい影響を与えるのではと考えたのだが、どうやら裏目に出たらしく、彼女の成績は大会のたびに下降線をたどっていった。

責任は感じたものの、今さら別れたほうがいいなんて言えるはずもない。

(なんでも気兼ねなく話せるなんて……やっぱり無理なのかも。だって、私自身が隠し事をしてるんだもの)

美優はいつの頃からか、美しさを増していく姉に嫉妬を覚えはじめた。

自分はがさつなうえに脳天気で、太りやすい体質なのか、いくら努力しても真理亜のようなスマート体形になれない。

どこに行っても、周囲の人間は淑《しと》やかで清楚な姉に羨望《せんぼう》の眼差《まなざ》しを送り、彼女がマスコミに注目されてからはさらなる劣等感を味わわされたのである。

そして、隠しているもうひとつの本音。

美優は直人と初めて会ったときから、仄《ほの》かな恋心を抱いていた。

その気持ちは今でも変わらず、姉に彼を取られたくないという思いから景浦との交際を応援したのだ。

(でも……どう考えたって、コーチが好きになるのはお姉ちゃんだよね)

込みあげる悲しみを懸命に堪《こら》え、踏みだす足が緊張に震える。

もしかすると、真理亜は景浦と別れ、直人とつき合いだしたのではないか。

今頃、二人は熱い抱擁《ほうよう》を交わしているのではないか。

仲睦まじい彼らの姿を想像しただけで、ジェラシーの炎が燃えあがり、幼い胸が押しつぶされそうになった。

(そんなことになってたら……)

あまりのショックに、卒倒してしまうかもしれない。

だが……それならそれで、真理亜はなぜ報告してくれないのだろう。

自分の気持ちは打ち明けていないため、直人に想いを寄せている事実は知らないはずだ。

(ひょっとして、気づいてたのかなぁ。だとしたら……逆につらいんだけど)

スケート場が視界に入るや、美優はいったん立ち止まり、深呼吸を繰り返した。

冷静に考えれば、二人はお似合いのカップルではないか。

自分は中学に進学したばかりで、大人の男性が恋愛の対象として見てくれるわけがない。

(いいじゃない！　二人がつき合ってるなら、つき合ってるで。陰ながら、応援してやればいいんだわ！　それに、単なる思い過ごしの可能性だってあるんだから)

真理亜は二カ月前に十六歳を迎え、オリンピックに出場できる資格を得ている。

代表選考会に向け、ハードな練習をしていても不思議ではないのだ。

気持ちをなんとか落ち着かせた美優は、ゆったりした足取りでスケート場の裏口に回った。

扉をそっと開け、足を踏み入れてから音を立てぬように閉める。

こそこそしてしまうのは、理屈では説明できない不安があるからなのか。

(別に早く来るなとは言われてないし、普通にトレーニング室で柔軟をしてればいいんだわ)

この時間なら、姉はリンクで実践練習を開始しているに違いない。

薄暗い通路を突き進むうちに息苦しくなり、胸が締めつけられる。

室内トレーニング室に向かうにはコーナーを左に曲がるのだが、美優の足はスケートリンクのある右方向に進んだ。

（き、聞こえる……聞こえるわ。スケーティングをしている音が）

シャッシャッと、氷の上をすべる音が微かに聞こえる。

やはり真理亜と直人は練習に没頭しており、秘めやかなひとときを楽しむために会っていたわけではないのだ。

（そうだよね、そんなわけないよ。あたしったら、変なこと考えちゃって……恥ずかしい。でも……なんやかんや言っても、やっぱり気になるかも）

自己嫌悪する一方、様子だけでも確認しておこうと、緩やかな階段を昇っていく。

美優はアリーナ席の通路を回りこみ、太い柱の陰に身を隠した。

この場所なら、二人の様子をほぼ真横から確認できるはずだ。

柱の端から顔だけひょっこり出せば、直人はリンクの外で腕を組み、氷上の姉をじっと見つめている。

二人のいる場所は、美優のいる位置から三十メートルほど離れているだろうか。いつもと変わらぬ練習風景にホッとしたのも束の間、少女はある異変に気がついた。

（あ、あれ？）

華麗なスケーティングが信条のはずなのに、今日の彼女は動きがぎこちない。

上体と下半身のバランスがバラバラで、まるでスケートを始めたばかりの初心者のようだ。

こんなひどい演技をする姉を目にしたことはなく、美優は思わず顔をしかめた。

（お姉ちゃん……どうしちゃったの？　あ、危ない！）

ジャンプをしたわけでもないのに、身体が前方に大きく傾《かし》げ、転倒しそうになる。

真理亜は困惑した表情で身を起こし、すぐさま手すりを摑んで項垂《うなだ》れた。

（この前の月曜のときとは、比べものにならないほどひどいわ。そんなに体調が悪いの？）

あの調子では、直人が雷を落とすのは火を見るより明らかだ。

身を竦《すく》めた直後、厳しいはずのコーチはやけに穏やかな口調で呟《つぶや》いた。

「大丈夫か？」

小さな声ではあったが、場内は誰もいないためによく通るし、また響く。姉の荒々しい息づかいも、はっきり耳に届いた。

彼女は身を屈《かが》めたまま、頭すら起こそうとしない。やがて俯いたまま、消え入りそうな声で答えた。

「大丈夫じゃ……ありません」

「そうか、それじゃあがれ。怪我でもしたら、困るからな」

「あぁ……コーチ」

ようやく顔を上げた姉の表情は、美優がこれまで一度も見たことがないものだった。

虚空《こくう》をさまよう視線、真っ赤に染まった頰、しっとり濡れた唇。額には小さな汗の粒がびっしり浮かび、熱病に冒《おか》されたとしか思えない。

(ホントに……どうしちゃったの?)

昨日の夜の時点で、体調の悪さは微塵も感じられなかった。

九月に入っても暑い日が続いており、エアコンの効きすぎで夏風邪を引いたのか。

(ううん、もともと寒がりだし、この程度の暑さじゃ、エアコンは使わないはずだわ)

真理亜は夢遊病者のごとくリンクの外に出たあと、気怠《けだる》げにベンチへ腰かけた。

直人はふらりと歩み寄り、姉の眼前に仁王立ちする。

さもうれしげな笑みを目にした瞬間、背筋に悪寒《おかん》が走った。

(や、やだ……何がおかしいの?)

教え子を心配する様子は少しもなく、まるで見下しているような態度だ。

彼がハーフパンツのウエストに手を添えたところで、どす黒い予感がゆっくり押し寄せる。

紺色の布地が引き下ろされ、肉の塊《かたまり》がぶるんと跳ねあがると、美優は大きな声をあげそうになった。

（う、嘘っ⁉）

慌てて口を両手で押さえ、目をこれ以上ないというほど見開く。

スポーツを指導するコーチが、教え子の前で下腹部を露出することなどありえない。想定外の出来事に頭が混乱し、今はただ愕然とするばかりだ。

姉はまだ下を向いており、直人の蛮行に気づいていないらしい。おどろおどろしい状況を目《ま》の当たりにし、厳寒の地に放りだされたように身が震えた。

真理亜は、どんな表情を見せるのだろう。

大きな悲鳴をあげるのか、恐怖におののくのか。

人生経験が未熟な美優でも、直人の行為が倫理に反していることはわかる。

彼に対する恋心は木《こ》っ端《ぱ》微塵《みじん》に砕け散り、怒りの感情が沸々と湧き起こった。

それでも、天に向かって反り勃つペニスから目が離せない。

パンパンに張りつめた赤褐色の先端、無数の血管が葉脈状に浮きでた胴体。小さな男の子のおチ×チンとは比較にならぬほど大きく、距離が離れていても圧倒的な迫力を見せつけた。

「俺のこっちも、具合が悪いようだ」

直人はふてぶてしく言い放ち、腰をグイと突きだす。真理亜が顔を上げた刹那《せつな》、美優の緊張は頂点に達し、心臓が張り裂けんばかりに高鳴った。

逃げだしたい心境に駆られた直後、これまた予想外の展開が目に飛びこむ。

(……え?)

姉はボーッとした顔でペニスを見つめたあと、さも物欲しげに舌なめずりしたのである。

「お前の姿を見てたら、こんなになっちまったぞ。どうしてくれるんだ?」

「……あぁ」

直人は一歩前に進み、牡の肉をこれ見よがしにしならせる。目と鼻の先に男性器があるのに、彼女は顔を背けることなく頬を朱色に染めた。

(お姉ちゃん……なんで逃げないの?)

気弱な性格の姉が取り乱さぬはずはないのだが、いったい何が起こっているのか。

(か、景浦さんとは、いったいどうなったの?)

キスをされたと聞いたときは自分のことのようにドキドキしたが、一線を越えたという話は聞いていない。いや、この状況を目にした限りでは、直人と深い関係を築いているとしか思えず、頭の中がさらに混迷した。

（お姉ちゃんが二股かけるなんて考えられないし、訳がわからないよぉ）

泣き顔で拳を握りしめた瞬間、真理亜はか細い声で懇願した。

「あぁ、取って……取ってください」

言葉の意味が理解できず、小首を傾げる。

いったい、何を取ってほしいというのだろう。

ひょっとすると、姉は熱にうなされ、正常な思考が働かないのではないか。

「ふっ、取ってほしければ、どうすればいいのか……わかるな？」

直人がざらついた声で告げるや、身の毛もよだつ光景が目を射抜いた。

真理亜が右手を上げ、いきり勃つ男根に細やかな指を絡めたのだ。ただ呆然とするなか、姉は顔を怒張に近づけ、唇のあわいからイチゴ色の舌を差しだす。

（あ、あ、やめて……）

心の懇願虚しく、舌がペニスの裏側をツッと這った。

潔癖症の姉が、ためらうことなく男の恥部を口に含んでいる。頭をトンカチで殴られたような衝撃に、今は言葉が見つからない。

顔から血の気が失せると同時に、直人は破顔しながら指示した。

「ソフトクリーム、好きだろ？　あんな感じで舐めるんだ」

姉は言われるがまま、横にがっちり突きでたえらから鈴割れを舐めたてる。

すかさず透明な粘液が糸を引き、美優は生理的嫌悪から顔を曇らせた。

「どんな味だ？」

「しょ、しょっぱいです」

「今度は、縫い目を舐めてみろ」

「はあはあ……縫い目？」

「裏側の雁首の線が切れてるとこだ。縫い目みたいに見えるだろ？」

わかったのか、わからないのか。彼女は頬を染めたまま、亀頭の裏側をチロチロと這い嬲る。

「む、むむっ、気持ちいいぞ。なかなか、うまいじゃないか。次は、チ×ポに唾を垂らすんだ」

直人の指示を受け、今度は窄めた唇からたっぷりの唾液が滴《したた》った。透明な粘液にコーティングされた肉筒が、照明の光を反射して淫靡な輝きを放ちだす。

「そのまま、上から咥えて」

真理亜は相変わらず拒絶することなく、小さな口を開けて男根を呑みこんでいった。

（あぁ……やぁぁっ）

オーラルセックスの知識は友人から聞いたことがあるが、最初は嘘を言っているとしか思えなかった。

清廉潔白だった姉が今、目の前で淫らな口戯を繰り広げているのだ。

頬がぺこんとへこみ、鼻の下をだらしなく伸ばし、美しい顔立ちが面長《おもなが》に変わる。

（お姉ちゃん、あんなにおいしそうにしゃぶって……）

愕然とする一方、淫蕩な容貌を見るにつけ、自然と息が荒くなり、次なる展開に気が急《せ》いた。

なぜか胸騒ぎを抑えられず、生毛が逆立つ。艶やかな唇が捲れあがり、男根をさらに招き入れると、心臓が高らかな拍動を打ちはじめた。

（あ……嘘っ、あんな長くて大きなものを）

苦しくないのか、気持ち悪くないのか。自分のことのようにハラハラしてしまう。

「むふぅ、いいぞ」

直人はよほど気持ちいいのか、口をへの字に曲げ、姉は肉胴の半分しか咥えこめず、いかにも苦しげな呻《うめ》き声を放つ。

「ン、ぷっ、ぷふっ」

「無理しなくていいから、そのまま顔を上下にスライドさせるんだ。歯を立てたら、だめだぞ」

直人が腰を引いたため、どうやら気道を確保できたらしい。姉はひと息ついたあと、肉胴の表面に上下の唇をすべらせていった。

ちゅぷにちゅ、くちゅ、くちゅ、ぢゅぷっ、ぢゅぷぷぷっ。

軽やかな吸茎音が場内にこだまし、性感が自分の意思とは無関係に上昇気流に乗りだす。

「ンっ、ンっ、ンっ」

鼻から抜ける甘ったるい吐息がやけに耳にまとわりつき、美優の交感神経を徐々に麻痺させた。

「いいぞ、そのまま顔の動きを速めて」

「ン、ぷっ、ぷぷぅぅっ」

顔の打ち振りが速度を増し、上品な唇が唾液にまみれる。男性器を一心不乱におしゃぶりする姉の淫靡な姿に、胸のあたりがモヤモヤした。

直人は手をいっさい使わず、無理やり奉仕させているわけではない。彼女自ら、積極的に男根を舐めまわしているのだ。

もはや言葉をなくすなか、ペニスが口から抜き取られ、唇の狭間から濁った唾液がだらだらとこぼれ落ちる。

「……あぁ」

姉は朦朧とした顔で直人を見あげ、喉の奥から哀願の声を絞りだした。

「はあはあ……も、もう、限界です」

「どうしてほしいんだ?」

「取って……取ってください……早く」

「ふふっ、わかったよ」

またもや意味不明の会話が交わされ、何事かと身構える。姉はすかさずベンチの背にもたれ、これまた自ら大股を広げた。

(やっ、何? 何をするの?)

M字開脚の体勢から足を両サイドの肘掛けに乗せ、レースのフリルが自然と捲れあがる。衣装の股布にはグレーのシミが楕円形に滲み、彼女が性的な昂奮に駆られているのは中学生の美優にもわかった。

「おおっ、すごいシミじゃないか」

「はあふう……は、早く」

直人はにやつきながら腰を落とし、クロッチに手を伸ばす。そして指でつまんだあと、ボディファンデーションごと脇にずらした。

(……あっ!?)

女の秘所が露《あらわ》になり、粘り気の強い蜜液が裏地とのあいだで淫らな糸を引く。

姉のプライベートゾーンはすっかり充血し、溶け崩れているように見えた。

それ以上に驚嘆したのは、淫肉のあわいからピンク色のコードが出ていることだ。

(な、何なの、あれ？)

二・〇の視力が局部の異変を察知し、反射的に身を乗りだしそうになる。

まじまじと観察すれば、凝脂の谷間からピンク色の物体が微かに覗いていた。

間違いなく、姉は膣内に何かしらの器具を挿入されているのだ。

「通販で購入したんだ。今度は安物ではなく、リモコンで操作できる代物だよ」

直人はどや顔で笑い、ポケットから薄い物体を取りだす。

「……ひっ!?」

彼が指先を動かすと、姉は悲鳴をあげ、身体をビクンと引き攣らせた。

「これが、いちばん強いやつだ。どうかな？」

「止めて！　止めてくださいっ!!」

彼女は悲痛な面持ちで懇願し、恥骨を上下に振りたてる。

もしかすると、あの器具はアダルトグッズではないか。

どんな作用を与えるかはわからなかったが、直人の言葉を耳にした限り、リモコンで遠隔操作しているようだ。

あまりのショックに、美優は指一本動かすことができなかった。

グッズを膣に埋めこまれているということは、姉はすでに性体験があるのかもしれない。なんでも話してくれた彼女は、妹にも言えない大きな秘密を抱《かか》えていたのだ。

「それじゃ、取ってやるか」

「は、う、ううンっ」

コードが引っ張られると同時に真理亜が上体をひくつかせ、膣口がティアドロップ形に開く。

「我慢しろよ、もうちょっとで取れるんだから」

「あ、あ、あ……」

「ほうら、取れた!」

「く、ひっ⁉」

秘割れから飛びだした卵形の物体はブブブッと振動を繰り返し、ぽっかり空いた膣の入り口からとろみの強い粘液がどっと溢れでた。

(あれをあそこに挿れて……すべってたんだわ)

どうりで、まともスケーティングができないはずだ。

快楽に歪む顔、すっかり上気した頰、わななく腰つきを目にする限り、あのグッズはよほど大きな快感を与えるのだろう。

果たして、二人はこのあとどうするのか。

固唾《かたず》を呑んで見守るなか、直人は含み笑いを洩らして言い放った。

「景浦じゃ、こんなことしてくれないだろ?」

知っている。コーチは、姉とボーイフレンドの交際に気づいていたのだ。

「あいつのことは、一刻も早く忘れることだ。その代わり、俺がもっと気持ちよくさせてやるから」

直人はそう言いながら女芯に顔を近づけ、ナメクジのような舌を差しだした。

(わ、別れさせたんだわ! お姉ちゃんが男の人とつき合ってるのを知って、強引に引き裂いたんだわ!)

この状況を考えれば、そうとしか思えない。

おそらく姉は同意せず、力尽くで男女の関係を強要されたのではないか。

（だとしたら……許せない……許せないわ）

正義感溢れる活発な少女は、怒りの炎を燃えあがらせた。

大人の男性が十六歳の少女に卑猥な行為をしているのだから、これは紛れもなく犯罪である。

この地獄から、なんとしてでも姉を救いださなければ……。

固い決意を秘めたものの、美優はこのとき、自身の秘所が淫らな分泌液にまみれていることにまったく気づいていなかった。

4

媚臭をムンムン発する女陰を、直人は舌先でペロンと舐めあげた。

「あっ、ひっ」

真理亜は上体を反らし、内腿の柔肉をふるふると震わせる。なめらかな肌はしっとり汗ばみ、性感が極限まで研ぎ澄まされているのは間違いなさそうだ。

（ふふっ、媚薬を塗りたくったローターがかなり効いたようだな）

処女を奪ってから二週間以上が経ち、破瓜の痛みも消え失せているはずで、ネットで購入したアダルトグッズと媚薬を試す頃合いも適切かと思えた。

予想どおり、真理亜はローターを問題なく膣内に受けいれ、そのうえでスケーティングさせたのである。

卵形のグッズは身体を動かすたびに膣壁を抉り、巨大な肉悦を与えたのだろう。

とても演技に集中しているとはいえず、下肢は絶えず震えていた。

ポケットの中で強弱のスイッチを切り替えては様子をうかがい、快楽に翻弄された彼女はついに立ち止まってしまったのだ。

乙女の花びらは完全に開花し、愛の蜜をしとどに溢れさせている。

(早く抜き取ってほしくて、たまらんようだな。自分から、足を広げるぐらいなんだから)

スケート靴を履かせたままの格好も妙な昂奮を与え、飴色の極太は今にも爆発寸前だった。

舌先でクリットをこねまわし、唇を窄めて淫蜜をチューチュー吸いたてる。

刺激を与えるたびに真理亜は身をひくつかせ、性感が最初の頃より発達しているのは疑いようのない事実だ。この二週間、ペッティングで性感を掘り起こしておいたのも功を奏しているのかもしれない。

「あっ、やっ、ンっ、はっ」

「自分のおマ×コ、どうなってるかわかるか？　すごいことになってるぞ」

「ンっ、ひっ⁉」

舌先をハチドリの羽のごとく上下させ、顔を左右に打ち振ってはゼリー状の媚粘膜を舐めたてる。

美少女は眉をハの字に下げ、えげつない口戯を切なげに見下ろした。

（この表情が、ゾクゾクさせるんだよ）

猫が捕えたネズミをいたぶる感覚に似ているのかもしれない。高揚感が内から溢れだし、さらなる悪逆なパワーがチャージされる。

派手にいきり勃つ怒張は、早くも乙女の蜜壺を欲《ほっ》していた。

グズグスしている暇はない。

美優が早朝練習に参加する時間まで、あとわずかしかないのだ。

場内の壁時計を見あげれば、五時四十分を回っている。

（あいつはいつも、一人で来るときは遅刻してくるが……万が一ということもあるからな）

腰を上げ、極限まで膨張した男根を握りしめる。二週間ぶりの交情に、真理亜はどんな反応を見せてくれるのか。

「さあ、挿《い》れてやるぞ」

「あ、あぁ……」

　彼女は拒絶することなく、狂おしげな表情で小さな喘ぎ声を洩らした。

（ふっ、抵抗したくても、身体は巨大な快感を求めてるといったところかな）

　亀頭の先端を恥割れにあてがい、臀部の筋肉を盛りあげる。腰を軽く繰りだせば、ほっそりした陰唇がO状に広がり、美少女が苦悶に顔を歪めた。

「あ、く、くっ」

「むむっ！」

　入り口の狭さは相変わらずだが、気合いを込めた直後、雁首はとば口をくぐり抜け、勢い余ってズブズブと埋めこまれた。

「い、ひぃっ!?」

　真理亜はソプラノの声を放ったが、痛みなのか快感によるものなのかはわからない。

　男根が根元まで埋没するや、恥骨同士がピタリと重なり合い、媚肉が胴体をキュッと締めつけた。

「ほうら、全部入ったぞ」

彼女は何も答えずに目を伏せ、口元を引き攣らせるばかりだ。

（一、二回目よりも、こなれた感じはするんだが……まさか、まだ痛みがあるわけじゃないよな）

しばし様子をうかがうも、とりたてて変化はなく、直人は再び壁時計を仰ぎ見た。

六時十五分前を切り、さすがにこれ以上は待てない。

焦燥感に駆られるまま腰を引けば、真理亜は唇の隙間からやけに艶っぽい声をこぼした。

「あ、あぁぁン」

微かに開いた目はしっとり潤み、ツルツルの頰が再びテカりだす。どこからどう見ても疼痛があるとは思えず、安心感を得た直人は腰の律動を開始した。

まずはスローテンポから徐々にピッチを上げ、男根の出し入れを繰り返す。

「あ……ンっ」

真理亜は身を強《こわ》ばらせていたが、十往復もすると、次第に下腹部の肌までピンク色に染まっていった。

心なしか愛液の分泌も増し、ぬめりの強い粘液が剛直に絡みつく。やがて抵抗感やひりつきが消え失せ、スムーズな抽送へと取って代わった。

「……痛くないか？」

優しげな口調で問いかければ、美少女は舌先で上唇を舐めてから答える。

「だ、大丈夫です」

「おお、そうか！」

全身に性のパワーを漲《みなぎ》らせた直人は、のしかかる体勢から本格的なスライドで膣内を穿《うが》っていった。

腰を弾けるように引き、長いストローク幅で肉の核弾頭を子宮口に叩きつける。

バツンバツンと、恥骨のかち合う音が場内に響き渡った。

突けば突くほど快感が増し、肉襞の摩擦と温もりがペニスの芯にこれまでにない肉悦を吹きこんだ。

自分が気持ちいいということは、相手も同じ感覚を共有しているということだ。

「あ、あンふぅうっ！」

真理亜は泣きそうな顔で身をくねらせたが、今では快感を得ていることがはっきりわかる。それが証拠に、おびただしい量の淫液が湧出《ゆうしゅつ》し、結合部からぬっちゃぬっちゃと卑猥な肉擦れ音が途切れなく洩れ聞こえた。

「あぁあっ、や、やぁあぁぁっ」

嬌声こそか細かったが、肌からは熱気、陰部からは酸味の強い媚臭がムワッと立ちのぼる。前二回の交接と比べると、彼女の反応やペニスに受ける感触は段違いだ。

(ああ、いい、いいぞぉ)

直人はチェアの背もたれに両手を添え、逞しいピストンを延々と繰り返した。

腰をこれでもかとしゃくり、ときには臀部をぐるりと回転させてイレギュラーな快美を送りこむ。すっかりこなれた媚肉がキュンキュン締まり、怒張を逃してなるものかとへばりついた。

雄々しい波動を注入する最中、真理亜は顔を左右に振って噎《むせ》び泣く。

「くっ、はっ、やっ、ひっ、あっ、あぁぁンっ！」

「どんな感じだ!?」

興味津々に問いかけると、彼女は口の中に溜まった唾を飲みこんでから掠《かす》れた声で答えた。

「あ、あ、いい、いいっ」

「気持ちいいのか!?」

「き、気持ちいいです……あ、はぁあぁあっ!?」

言い終わらぬうちに腰の回転率をトップスピードに引きあげ、怒濤《どとう》の奥突きで膣肉を掘り返す。

「あぁぁっ、やぁぁぁっ、だめっ、だめぇぇぇぇっ!!」

「何が、だめなんだ!?」

「おかしくなっちゃう、おかしくなっちゃいます!!」

真理亜は絶頂への螺旋《らせん》階段を駆けのぼろうとしており、この機を逃す手はない。

究極の女の悦びを肉体に植えつけ、従順な性奴隷に貶《おとし》めるのだ。

顔面中の血管が膨れあがり、全身の毛穴から大量の汗が噴きこぼれた。

息継ぎが追いつかず、酸素不足から意識が朦朧とし、心臓がドラムロールのごとく高鳴った。

熱い粘膜が収縮を開始し、うねりくねっては男根を捕食する。

(む、むおっ……も、もうだめかも)

顎を突きあげ、目を閉じれば、瞼の裏で白い光が明滅した。

射精欲求がリミッターを振りきり、灼熱の溶岩流が射出口に集中した。

「イクっ……イクぞっ」

目をカッと見開き、放出に向けてマシンガンピストンを繰りだすと、今度は真理亜が口を開け放ちながら白い喉を晒す。

「やっ、やっ、あ、はぁぁぁっ！」

膣肉の振動がペニスに伝わり、恥骨がぶるっぶるっと小刻みに上下した。

粘膜を通して少女のオルガスムスを実感し、張りつめたペニスを膣から一気に引き抜く。

愛液でどろどろの胴体を指でしごく最中、真理亜はビクビクと、釣りあげられた魚のように身をひくつかせた。

（ま、間違いない！　イカせたんだ!!）

心の中で快哉《かいさい》を叫んだとたん、欲望のエキスが輸精管を光の速さで突っ走る。

「おっ！　イクっ、イクっ！」

下腹部を少女の身体に寄せた瞬間、鈴口から濃厚な一番搾りがびゅるんと迸《ほとばし》った。

白濁液が真理亜の顔を飛び越え、頭のてっぺんから前髪にへばりつく。

続けざまに放たれた淫欲のエネルギーは鼻筋から額、そして頬から口元を打ちつけ、端正な顔立ちを真っ白に染めていった。

「ぐ、ぐ、ぐぉぉおっ」

放出は七回繰り返してストップし、至高の射精感に陶酔する。真理亜も快楽の余韻に浸っているのか、微動だにせず、うっとりした表情を浮かべていた。

「はあはあ、はぁぁっ」

荒い息が止まらず、額から汗がだらだら滴り落ちる。男のロマンのひとつでもある顔面射精を、彼女は何の抵抗もなく受けとめてくれた。

(それほど気持ちよかったのか……それともアダルトビデオを観て、当たり前のプレイだと思ってるのかな)

苦笑した直人はこれまた当然とばかりに、残滓《ざんし》の付着した男根を口元に近づけた。亀頭の先端を唇に添え、裏返った声で命令する。

「口を開けて……きれいにするんだ」

じっと待ち受ければ、真理亜は目を閉じたまま唇を開け、かわいらしい舌をちょこんと突きだした。

柔らかい粘膜が敏感な尿道口をチロチロと這い嬲り、なんともこそばゆい。彼女はさらに口を開き、いまだに張りつめた亀頭冠をぱっくり咥えこんだ。

「お、おぉっ」

思いも寄らぬ積極的な口戯を受け、熱い感動が胸の内に広がる。

真理亜は性感を完全に覚醒させ、ついに悦楽の虜となったのだ。そうでなければ、自らお掃除フェラでペニスを清めるはずがない。

淑やかな少女を一人の女に仕立てあげ、男の達成感と征服欲が満たされた。
（でも……今月いっぱいで、お別れなんだよな）
情欲が次第に鳴りを潜め、代わりに言葉では言い表せぬ寂寥感が込みあげる。
懸命な奉仕を繰り返す教え子を、直人は複雑な表情で見下ろした。

第四章　あどけない可憐なつぼみ

1

翌日の水曜日、固い決意を秘めた美優は学校帰りにある場所に向かった。

昨日の光景が何度も頭を掠《かす》め、ショックと怒りが交互に襲いかかる。

普通の恋愛ならまだしも、コーチが教え子に手を出し、淫らな行為で快楽の限りを尽くしたのだ。

真っすぐな性格の少女は、どうしても直人の振る舞いが許せなかった。

（お姉ちゃんも、お姉ちゃんだわ。あんなひどいことされて、抵抗しないなんて！）

恥ずかしい箇所に挿入されたいかがわしいグッズ、口での奉仕からの情交。最後は体液を顔にかけられ、さらには汚れた男性器まで舐めさせられたのである。

背徳の関係を目撃したあと、美優はそのまま帰宅し、体調の悪さを理由に練習不参加の連絡をした。

学校も休み、一日中、布団の中に潜りこんでいたのだ。夕食は自室でとり、今日の朝はいつもより遅く起きたため、姉とはまったく顔を合わせていない。

あまりにも生々しい出来事だけに詳しい事情を聞くことができず、さりとて親にも相談できぬまま、美優は幼い心を痛めた。

いったい、どうしたらいいのか……。

モヤモヤした気持ちのままでは練習する気になれないし、日常生活にも支障を来《きた》してしまう。もちろん、姉のことも心配だった。

（幸いにも今日は休養日だし、決着をつけないと！）

駅の反対側にある商店街を通り抜け、閑静な住宅街を大股で突き進んでいく。少女は三階建てのマンションの前で立ち止まり、緊張に身を引きしめた。

駐車場には見慣れた車が停車してあり、どうやら彼は自宅にいるらしい。美優が考えた解決策は、直人に直談判《じかだんぱん》し、姉との関係を解消してもらうことだった。

指導に熱心だった彼が、なぜ不埒《ふらち》な行為に手を染めたのか。理由はわからなかったが、このまま見過ごしてはおけず、返答次第では大事にしなければならない。

（もしかすると……フィギュアをやめることになるかも）

最悪の展開が頭に浮かび、ためらいが頭をもたげる。

だが、今の段階で誰にも相談できぬ以上、直人と相対するのは懸命に考えた最善の対応策ではなかったのか。

（これしか……思いつかないもん）

意を決した少女は顔を上げ、凜《りん》とした表情でマンションの階段を昇っていった。

2

（さて、どうしたものかな）

荷物の整理をしながら、直人は今後の身の振り方を考えていた。

コーチ契約は今月いっぱいで終了し、二十五日には新コーチと引き継ぎのための顔合わせが控えている。

かつてのライバル、倉橋と対面するつもりはさらさらなく、それまでに明王スケートクラブをおさらばするつもりだ。

夜逃げ同然に姿を消すのだから、蜂の巣をつついたような騒ぎになるのは目に見えており、真理亜への淫行が発覚することも考えられるため、生まれ故郷に戻る選択肢はない。

（しばらくは、どこかの片田舎でひっそり暮らすしかないな）

直人は部屋の解約を済ませ、十八、十九、二十日の三連休に催されるスケート合宿に向けて綿密な計画を練った。

真理亜は精神力が弱く、快楽地獄に叩きこんでおけば、おのずと堕落した日々を過ごすことになるだろう。仮に復活できたとしても、かなりの時間を要するはずで、オリンピックの代表選考会に間に合うはずがない。

（問題は、美優の合宿参加をどう断るかだ）

これまでは妹も参加させていたため、親も安心して送りだしていたが、一人だけとなると拒む可能性がある。

真理亜のオリンピック出場を盾に、練習に集中させたいという言葉で説得するしかないか。美優は納得してくれるだろうが、果たして両親は……。

「うーん」

いくら頭をひねっても、いいアイデアは浮かばず、思わず唸ったところでインターホンが鳴り響いた。

(誰だ……勧誘か何かか？)

壁際に歩み寄り、ドアホンのスイッチを押して問いかける。

「はい、どなたですか？」

「……美優です」

「え？」

教え子が部屋を訪ねてくるのは初めてのことで、今しがた考えていた人物だけに目を丸くする。

(な、なんだ、いきなり……どういうこった)

堅い表情で身構えるも、合宿の不参加を告げるいいチャンスなのではないか。まずは妹のほうに打診し、様子を見てみたいという気持ちもある。

「あ、ちょっと待って……今、開けるから」

直人はすぐさま玄関口に向かい、内鍵を外して扉を開けた。

制服姿の美優が学生鞄を手に、神妙な面持《おも》ちで佇《たたず》んでいる。昨日の早朝も夜間練習も、彼女は体調の悪さを理由に休んだのだ。

まだ調子が戻らないのか、顔色が優れず、いつもの明朗活発な姿はかけらも見られない。

「おお、どうした？　びっくりしたぞ」

「ちょっと……お話ししたいことがあって」

「そうか、それはちょうどよかった。俺も話があるんだが……大丈夫なのか？」

「何がですか？」

「いや、昨日の練習、不参加だったからさ。まだ、気分が悪そうな顔してるが……」

「……大丈夫です」

「なら、いいけど……どうするか。喫茶店でも、行くか？」

「いえ、人のいる場所は……」

直人はこの時点で、彼女がよほど他人に聞かれたくない話をしにきたのだと気づいた。

（ま、まさか……）

背筋に悪寒《おかん》が走り、最悪の状況が脳裏をよぎる。

いや、そんなはずはない。あの日に限って、寝坊癖のある美優が練習の予定時間より早く来るはずがないのだ。

「とにかく……あがれよ。ちょっと、散らかってるけど」

「はい……お邪魔します」

少女を室内に招き入れ、狭い廊下を先立って歩く最中、冷たい汗が背筋を伝う。

内扉を開けてリビングに導くと、美優は殺風景な部屋の様子に眉をひそめた。

ベッド、冷蔵庫、ダイニングテーブルセット以外の家具はほとんど処分したため、異様に見えるのは当然のことだ。

「……引っ越すんですか？」

「あ、ああ。もう少し広い物件にな。ま、とにかく座ってくれ。飲み物は、アイスティーでいいかな？」

「……ええ」

少女は床に学生鞄を置き、あたりを見まわしながらチェアに腰かける。直人はすかさずキッチンに向かい、冷蔵庫からアイスティーの紙パックを取りだした。

黄金色の液体をグラスに注ぎつつ、さりげない会話で場を繋ぐ。

「学校のほうは、どうだ？　新学期が始まって、環境の変化に身体がまだついていかないんじゃないか？」

「夏休みのときと……変わりません」

「……そっか」

いつものハキハキした口調は鳴りを潜め、どうにも重苦しい空気が漂う。

(この雰囲気……まずいな。もしかすると、真理亜が美優に相談したのかも)

ふだんから仲のいい姉妹ではあったが、中学一年の妹に話せる内容ではないことから、口を噤《つぐ》むだろうと高を括っていた。

もし美優に気づかれていたとしたら、予定を大幅に変更しなければならない。

十三歳の少女を手ごめにするのは気が引けたが、そうも言ってられない事態に直面しているかもしれないのだ。

直人はキッチンの引出しを静かに開け、中から小さな瓶を取りだした。

(家具類を処分するとき、こっちに移してたのはラッキーだったな)

上蓋を外し、粉状の物体をグラスに注ぎ入れる。そしてマドラーで掻きまわしたあと、美優のもとに取って返し、グラスをテーブルの上に置いた。

真向かいの席に腰を下ろし、穏やかな口調で飲み物を勧める。

「まだ暑い日が続いてるし、喉が渇いたろ。飲めよ」

「はい、いただきます」

彼女はやけに汗を掻いており、なんの不審も抱かずにアイスティーを飲み干した。

「はあ……おいしいです」

「それはよかった……で、話ってのは何かな？」

「コーチのほうから、どうぞ」

「いや、俺の話はあとでいい。そちらの要件を、先に言ってくれ」

美優の話を聞くあいだに、最良の対応策を考えなければ……。

拳を握りしめて待ち受けるなか、彼女はいったん口を引き結ぶ。

（この様子だと……昨日の一件の可能性がますます高くなったな）

しばしの沈黙のあと、童顔の少女はまなじりを決して顔を上げ、閉じていた唇をゆっくり開いた。

「私……見ました」

「……え？」

「昨日の朝、見ちゃったんです。コーチとお姉ちゃんが……リンクの外でいっしょにいるとこ」

予想はしていたが、少なからずショックを受ける。

（やっぱり、見られてたのか！　くそっ、やばい、やばいぞっ！）

美優が誰かに話していたら、もはや一巻の終わり。すべての計画は水泡《すいほう》に帰し、さらには社会的な制裁が待ち受けているのだ。

動揺を悟られまいと、直人は心の内をおくびにも出さずに答えた。

「何のことだ？」

「とぼけないでください！　はっきり見たんですから」

心臓が口から飛びださんばかりに高鳴り、恐怖心がどっと押し寄せる。無理にでも気を鎮めてから、直人は嗄《しゃが》れた声で問いかけた。

「そのことを……誰かに話したのか？」

「……言ってません」

「真理亜には？」

「聞けませんでした……その前に、コーチにどういうつもりなのか聞いておこうと思って」

とりあえずはホッとしたものの、まだまだ予断は許さない。

（これで、合宿不参加の話をする必要はなくなったわけだ。かわいそうだけど、こうなったら……）

知られてしまった以上は、妹も堕淫の世界に引きずりこむしかないのだ。

性獣の血が全身に回り、まがまがしい思いが脳裏を占めていく。直人は椅子の背にもたれ、鷹揚とした態度で口を開いた。

「勘違いしないでくれよ。あれは練習の一環なんだから」

「れ、練習って、あんなの練習なんかじゃないです！」

快活な少女は目を吊りあげ、憤然と反論する。負けん気や精神力は姉より勝ってい
たが、一人で来訪するとはまだまだ未熟で世間知らずだ。

真理亜への仕打ちはどんな言い訳も通用しない犯罪行為であり、大人の女性なら有
無を言わさず告発するはずである。

（とりあえずは、どこまで丸めこめるかだな）

直人は身を乗りだし、真剣な表情で答えた。

「真理亜の成績が落ちたのは、どうしてだと思う？」

「そ、それは……」

「お前は、あいつと景浦がつき合ってたことを知ってたな？」

痛いところを突いたのか、美優は早くも目を泳がせる。

「話を聞いたら、交際を始めた時期とピタリ一致したわけだが、妹なら真理亜の精神
力が弱いことは知ってたよな。なぜ、止めなかった？」

「そ、それは……高校一年なら、恋愛ぐらいしてもおかしくないと思ったからです」

「お前、景浦がスケートクラブを辞めた理由を知らないだろ？」

「奴はな、二人の練習生に手を出してた女たらしなんだよ」

「……え？」

「そ、そんな……」

「クラブの面子《めんつ》に関わることだから、内密に済ませたけどな。要するに、素行不良を理由に辞めてもらったんだ」

明かされた事実に、少女はすっかり顔色を失っていた。

この子に責任はまったくないのだが、二人の交際に協力したのは間違いなく、あからさまな言葉で罪の意識を植えつける。

「景浦とは電話で話したんだが、ビビったのか、もう連絡しませんと言ってたよ。最初から、その程度の覚悟で声をかけてきたというわけだ」

「あ、あ……」

「俺がもし気づかなかったら、真理亜がどうなってたか、想像してみろ」

美優はかなりのショックを受けていたが、気を取りなおして言い返す。

「た、確かに、二人が交際してたのは知ってました。私にも責任はあると思いますけど、それとコーチが昨日してたこととどんな関係があるんですか？」

勝ち気で聡明な妹の言い分に、直人は感心した。

（中学に入ったばかりなのに、しっかりしてるな。大人にやりこめられたら、普通は黙りこんでしまうはずなのに）

気質に関してだけなら、やはり美優のほうにアスリートとしての適正があるのかもしれない。直人はあえて胸を張り、自信たっぷりに主張した。

「コーチとして、当たり前のフォローをしてるだけだ。景浦の正体を教えてやって別れさせたあと、泣きじゃくってな。このままじゃ、すぐに立ちなおるのは無理だと判断して荒療治したというわけだ。全日本選手権まで、あと三カ月だからな」

「そんなことって！」

「あいつ、いやがってるように見えたか？」

昨日の光景を思いだしたのか、少女は口を閉ざして目元を赤らめる。

「大丈夫。これで、真理亜はちゃんと復活できるはずだ」

「な、納得……できません」

無茶苦茶な理屈なのだから、受けいれられないのは当たり前で、美優は苦渋《くじゅう》の色を浮かべる。

「何が、納得できないんだ？」

「だって……ああいうことは……好き合ってる恋人同士がすることだと思うし、あれが練習なんて……ありえないです」

「ふうむ、確かにお前の言うとおりだと思う。だが、今回に限っては、これしか方法がないと考えたんだ。俺のやり方が間違ってるかどうかは、すぐに結果が出ることだからな。もし真理亜の成績が上がらなかったときは、告発でもなんでもしてくれ」

真摯《しんし》な態度で告げれば、少女は困惑げに顔をしかめる。

もっともらしい言葉で懐柔を試みたが、果たして結果はどう転ぶのか。重苦しい沈黙のあと、美優は泣きそうな声で答えた。

「あたし……いやです」

「ん？」

「お姉ちゃんとコーチが、これからもあんなことするなんて」

「それはそうかもしれないが、ずっと続けるわけじゃない。大きな大会が終わるまでだからな」

「……やめます」

「え？」

「あたし……フィギュアをやめます」

彼女の立場から考えれば至極当然の選択で、淫靡な行為を目撃した以上、もはや練習に集中することはできないだろう。

（ここで、やめられたら困るんだよ）

直人は再び身を乗りだし、優しげな微笑をたたえた。

「そう困らせないでくれよ。お前はこれからまだまだ伸びるし、真理亜よりも才能があると思ってるんだから」

誉め殺しの言葉を投げかけ、片眉を吊りあげて様子をうかがう。

（そろそろ、効いてくるはずなんだが……）

先ほど、直人はアイスティーの中に強力な媚薬をたっぷり混入させた。

性感を覚醒させ、さらには身体が痺れて動けなくなるという触れこみのクスリだ。

もともとは真理亜に使用する目的で用意したものだが、まさか妹で試すことになろうとは思ってもいなかった。

なんにしても、美優を籠絡《ろうらく》しなければ、合宿の中止も視野に入れなければならず、ここは必死にならざるをえなかった。

「今やめたら、もったいないじゃないか。ジュニア選手権で優勝すれば、お前だって真理亜以上に注目されることになるんだから」

「注目されるために、フィギュアをしてるわけじゃありません」

「お前はそのつもりでも、マスコミは放っておかないだろ。それだけ、かわいいんだから」

乙女の自尊心をくすぐり、究極の褒め言葉で勝負をかける。

「俺はな、個人的には真理亜よりお前のほうが魅力的だと思ってるんだ」

「……え？」

美優が少なからず自分に好意を抱いていたことを、直人は薄々気づいていた。

中学に進学してからの四カ月で急成長し、今では異性としての十分な魅力を醸しだしているのだ。

（まだまだ蒼い果実といった感じだが、そこがいいんだよな）

姉の初々《ういうい》しい反応に味をしめた野獣は、ついに天真爛漫《てんしんらんまん》な妹にも牙を剥いた。

申し訳程度に膨らんだバスト、剝き卵のようにスベスベの頬、ミカンのひと房を思わせる唇。牡の淫情が深奥部で逆巻《さか》き、海綿体に大量の血液が注入されていく。

「わ、私が……お姉ちゃんより……魅力的？」

意外そうな顔を見せる美優に、直人はここぞとばかりに畳みかけた。

「本当にそう思ってるんだから、仕方ないさ。俺は昔から、美人よりかわいいタイプのほうが好きなんだ。だから、真理亜と同じやり方はできないというわけだ」

「ど、どういう意味ですか？」

「指導という名目じゃ、とてもその気になれないよ。美優のことは教え子として以上に、一人の女の子として好きなんだから」

遠回しな愛の告白を察したのか、少女は瞬く間に目元を染める。やがてふっくらした唇を開き、熱い吐息を放った。

（おっ、そろそろクスリが効いてきたのかな？）

ハーフパンツの下のペニスが、すかさず重みを増していく。

美優の目がうるっとしたところで、頃合いと判断した直人は腰をゆっくり上げた。

3

（やだ……暑くて、顔が火傷《やけど》しそう）

エアコンはついているのに、まったく役に立たず、腋《わき》の下がじっとり汗ばむ。

直人の言い分をすべて信用したわけではないが、姉より好きだという言葉は素直にうれしかった。

男の人から面と向かってかわいいと言われたのも初めてのことで、胸のときめきを抑えられず、今はどう対応していいのかわからない。

照れ臭くて俯いたとたん、直人は椅子から立ちあがり、そっと近づいてきた。

（……え？）

期待と不安がごちゃ混ぜになり、思考回路がショートする。もじもじと腰を揺すった直後、大きな手が肩に添えられた。

「美優……お前なら、真理亜以上のスケーターになれる。だから、やめるなんて言わないでくれ」

「あ、あの……あたし……あっ！」

恐るおそる見あげると、直人の顔が覆い被さり、あっという間に唇を奪われる。

「ンっ、ンふぅっ」

生まれて初めてのキスに仰天し、金縛りにあったように身が硬直した。

口こそ閉じていたが、直人はかまわず顔を左右に揺らして唇を貪《むさぼ》る。

（あ、あ、私……コーチとファーストキス……してる）

頭がポーッとし、全身がふわふわする感覚に包まれた。

姉の一件がなければ、この時点で完全に舞いあがっていたかもしれない。だが二人は背徳の関係を結んでおり、淫らな行為をやめてもらうために来訪したのだ。

（だ、だめ、だめだよ、こんなの……）

慌てて胸を押し返そうとしたが、なぜか手が動かず、心の底から焦った。

情熱的なキスは、運動神経を麻痺させる作用があるのだろうか。

（あ、くっ、嘘、どうしたらいいの……あっ⁉）

直人の指がバストの突端を軽く引っ掻き、性電流がビリリと背筋を駆け抜ける。同時に女芯が疼きだし、体内から熱い潤みがジワリと溢れだした。

（あ、やっ、ど、どうしよう！）

慌てて足を閉じたものの、体液の湧出《ゆうしゅつ》は止まらない。

昨日も同様の現象に見舞われ、帰宅したあと、ボディファンデーションの股布には葛湯《くずゆ》にも似た分泌液がべったり付着していたのだ。

最初は失禁したのかと思ったが、淫液だと気づいたあとは激しく狼狽《ろうばい》した。

姉とコーチの痴態を覗き見したときは怒りさえ覚えたのに、自分でも気づかぬうちに肉体は淫靡なシーンの連続に昂奮していたのだ。

恥ずかしい事態を、直人に知られるわけにはいかない。無理にでも我を取り戻すも、不埒な指は絶えず性感ポイントを攻めたて、ピクリとも動けなかった。

胸の頂《いただき》を弄《いじ》られるたびに快美が脳神経を痺れさせ、意識がとろとろに蕩けだす。

直人の手を制そうとしたが、腕が上がらず、うろたえているうちに今度は分厚い舌が唇の隙間から潜りこんだ。

「ンっ、ふうっ⁉」

唾液をジュッジュッと吸われ、電光石火の早業で舌を搦《から》め捕られる。

初体験のディープキスは映画のラブシーンのように美しいものではなく、やたら熱くてぬめぬめし、粘膜を交換するという表現がぴったりの生々しさだった。

「ふっ、ふっ、ふうっ」

鼻から湿った吐息が抜け、息苦しさに頭がくらくらしだす。

直人の指が乳房から離れ、太腿を撫でさすると、鼓動が極限まで跳ねあがった。

（あっ、やっ、だめっ！）

心の声は言葉にならず、指先がプリーツスカートの裾をたくしあげる。

コットン地のパンティを剝きだしにされたところで、直人は片足を外側に軽く押しだし、両足が自然と開いていった。

（あ、あぁ、どうして……）

羞恥に身を焦がす一方、自分は心のどこかで性的な刺激を求めているのかもしれない。アイスティーの中に神経を麻痺させる媚薬が混入されていたとは、人生経験未熟な少女は夢にも思っていなかった。

（あ、あ……）

指先が内腿沿いを這いのぼり、パンティの中心部をなぞりあげる。たったそれだけの行為で快感のパルスが肌を焦がし、正常な理性や思考が頭から吹き飛ぶ。

「ンっ、ふ、ふうっ」

中学に進学したばかりの少女は、今や身も心も陶酔のうねりに浸っていた。

4

（おぉっ、真理亜に続いて、今度は美優とキスしてるんだ！）

プリッとした唇を貪り味わいつつ、直人は背徳的な喜悦に打ち震えた。

ネットで購入した媚薬は予想以上の効果をあげているようで、少女の身体は燃えるように熱く、指先がパンティ越しの湿り気をはっきり捉える。

ここまで来れば、後戻りする気は微塵もない。妹のバージンも奪い、姉妹どんぶりをとことん楽しんでからおさらばするのだ。

（少々かわいそうだが、このまま放置しておくわけにはいかんからな）

甘ったるい吐息を胸いっぱいに吸いこみ、クリットと思われる箇所を執拗にこねくりまわす。美優はなんの抵抗も見せず、為すがままの状態だ。

(大丈夫か？　いけるか？)

唇をそっとほどけば、愛くるしい容貌はトマトのように赤らみ、大きな瞳がゆらゆらと揺れていた。

「美優、好きだ……お前がいなくなったら、俺は寂しくて耐えられんぞ。だから、やめるなんて言わないでくれ」

「……あぁ」

少女はとたんに眉尻を下げ、目をとろんとさせる。

真理亜も美優も、人を疑うことを知らないという点ではそっくりだ。しかも妹のほうは五月に十三歳を迎えたばかりで、数カ月前はまだ小学生だったのである。

(ふっ、しっかりしているように見えても、やっぱり子供だ。赤子の手をひねるようなものだな)

直人はスカートから手を引き抜き、中腰の体勢から美優をお姫様抱っこした。

どうやら身体が動かず、今はまともな言葉も出せないらしい。

媚薬の強力な効果に驚きつつ、直人は寝室に向かって歩を進め、足で引き戸を開け放った。

すかさずベッドに歩み寄り、ブランケットを剝ぎ取るや、シーツの上に横たわらせてリボンタイを取り外す。

ブラウスのボタンを外していけば、襟元から柑橘系の香りがふわんと漂った。

少女は朝から汗をたっぷり搔いているはずで、シャワーも浴びていないのだ。

乙女のフェロモンが牡の本能を覚醒させ、ハーフパンツの中心部が左上方に突っ張る。さらに合わせ目から覗くブラジャーが、昂奮のボルテージを増幅させた。

(たまらん、たまらんぞ!)

美優の上体を起こし、ブラウスを脱がせてブラのホックを外す。

「お、おおっ」

息せき切って肩紐をずらせば、お椀形の乳丘がふるんと弾み、丸々とした膨らみに狂喜乱舞した。

姉と正反対の体型には気づいていたが、まさかここまで発育がいいとは……。

乳房も、真理亜よりひとまわり大きいのではないか。

「あ、うぅン」

ブラを剝ぎ取った直人は美優を再び仰向けに寝かせ、スカートのホックを外して布地を引き下ろした。

純白のパンティは、フロント上部に赤いリボンをあしらった少女らしい下着だ。

クロッチには縦筋に沿ってシミが浮きあがり、三角州には早くも甘酸っぱい恥臭が渦巻いていた。

よほど恥ずかしいのだろう、美優は泣きそうな顔でいやいやをするも、まだ言葉を発することはできないらしい。それでも腹部に軽く触れただけで身をひくつかせ、性感覚が鋭さを増しているとしか思えなかった。

(ふふっ……あの媚薬が、まさかこんなに効くとはな)

頬を緩め、パンティの上縁に手を添える。

「……あぁ」

少女は恨めしげな目を向けてきたが、牡の昂《たかぶ》りは少しも怯まない。ペニスは派手にいななき、一刻も早い結合を待ちわびているのだ。

(あとはチ×ポが入るかどうかだが、たっぷり濡らしてから、ぶちこんでやるぞ)

コットン生地を下ろしていくと、焼きたてのパンのような肌質とこんもりした恥丘の膨らみが目をスパークさせた。

慎ましく生えた繊毛は量が少なく、なめらかな地肌を透けさせている。

パンティを足首から抜き取り、改めて見下ろせば、かぐわしい汗の匂いと体臭が立ちのぼり、牡の本能をこれでもかとざわつかせた。

直人自身もTシャツを脱ぎ捨て、ハーフパンツを下着もろとも引き下ろす。怒張が下腹をバチーンと叩いた瞬間、美優は男根の猛々《たけだけ》しさに目を見張った。

「そんなに怖がることはないぞ。真理亜だって、受けいれたんだから」

姉へのライバル意識をさりげなくつつき、覆い被さりながら耳元に熱い息を吹きかける。

「あ、ふうっ」

少女は肩を竦《すく》め、いかにもくすぐったいという仕草を見せた。

ふっくらした耳たぶをたっぷり甘噛みし、首筋に唇を這わせれば、生白い肌の表面がさざ波状に震える。続いて直人は硬い芯が残る乳房を優しく揉み、桜色の乳頭を上下の唇で挟んで舐め転がした。

「ンっ、ンンっ!?」

乳頭がみるみるしこり、美優がヒップをシーツから浮かす。

バストの肉実に刺激を与えつつ、乙女のプライベートゾーンに指を忍ばせると、恥割れから溢れだした淫液がくちゅんと淫らな音を奏でた。

(すごい……ぬるぬるだ)

若芽も鋭敏な尖りと化し、撫でさするたびに上下左右に跳ね躍る。

「ひぃうっ！」

美優は顔をくしゃりと歪め、シーツに落としたヒップを狂おしげにくねらせた。

姉と同様、バージンの妹もクリトリスがいちばん感じるようだ。

指先を上下させれば、くちゅくちゅと猥音が鳴り響き、少女は目を固く閉じることで快楽に抗《あらが》う素振りを見せた。

じっとり汗ばんだ肌が上気し、フェロモンの香りが濃厚さを増していく。頃合いを見はかり、身を起こして膝を割っても、足に力は込められない。

やがて少女の恥芯がさらけだされ、ムワッとした熱気が鼻先に立ちのぼった。

乳酪臭を含んだ芳香が交感神経を刺激し、剛槍を臨界点まで張りつめさせる。

可憐なつぼみはやや開きかけ、秘裂から包皮を半分だけ被った肉の芽が顔をちょこんと覗かせた。

真下に息づく内粘膜はコーラルピンクの彩りで、ねっとりとまとわりつく愛液が神々《こうごう》しい輝きを放った。

(おお、きれいだ……これが、十三歳のおマ×コか)

百合の花を愛でているような清らかさとは対照的に、まろやかな大陰唇やひくつく鼠蹊部《そけい》の薄い皮膚が牡の淫情を苛烈にあおる。

ギラついた視線を注いだ直人は一も二もなく貪りつき、舌先を縦横無尽に翻《ひるがえ》した。

「あ、くっ、くふぅっ」

美優はか細い呻《うめ》き声を発し、ヒップをふるんと揺らす。かまわずクンニリングスに全神経を集中させ、大量の唾液をクリットに塗りたくっては掃き嬲った。

「あっ、あっ、やっ、ン、はぁ」

甘え泣きが鼓膜を揺らすたびに気合いが入り、牡の肉もビンビンしなる。ほっそりした小陰唇が外側に捲れだし、割れ目から溢れだす愛蜜を音を立てて啜りあげる。

直人は嬉々とした表情で膣口を指で開き、ゼリー状の粘膜を舐めあげ、とろみがかった淫水を喉の奥に流しこんだ。

プルーンにも似た味覚を心ゆくまで堪能し、情交の一瞬に向けて気を昂らせる。

（やっぱり、入り口がかなり狭いな……だが、真理亜とほとんど変わらんし、不可能ということはないはずだ）

女肉を存分に湿らせたあと、直人はペニスにも唾液をたっぷり付着させた。

やや緊張の面持ちで上体を起こせば、美優は苦悶の表情からシーツに爪を立てる。

気持ちいいのか、腰は小刻みな痙攣を繰り返し、首筋には青白い血管が透けて見えていた。

(はあはあ、いよいよ美優のバージンもいただくぞ)

いきり勃つペニスを握りこみ、肉刀の切っ先を濡れそぼつ秘裂にあてがう。そのまま腰を繰りだせば、ぬるっとした感触とともに亀頭冠が陰唇を押し拡げた。

「……ンっ!?」

痛みがあるのか、美優は口をへの字に曲げ、ひと筋の涙をはらりとこぼす。それでも真理亜ほどの抵抗感はなく、先端が膣内にミリミリと埋めこまれていく。

(これも、媚薬の効力か? あと、もうちょっとだ)

やがて雁首がとば口を無事通過し、直人は小休止とばかりに大きな息を吐いた。

処女膜と思われる障害物を認識し、男根を慎重に突き進めたところで小さな喘ぎ声が耳朶《じだ》を打つ。

「……ひぃう」

「大丈夫だ。痛いのは最初のうちだけだからな」

穏やかな口調で元気づけ、さらに腰を進めれば、剛直が根元まで差し入れられた。

「入った……よくがんばったな」

身を屈《かが》め、癖のない髪を優しく撫でてねぎらう。美優はいまだに身を強《こわ》ばらせていたが、膣内粘膜は緩やかにうねり、男根をやんわり締めつけた。

「痛くないか？」

「そんなに痛くない……です」

「おっ、声が出るようになったか」

少女が目を微かに開けて答え、嬉々とした表情で様子をうかがう。

手足はまだ動かせないらしく、膣の中もよけいな圧は感じない。試しに腰を軽くひねると、幼い容貌が苦渋に歪んだ。

「あ、ンぅぅ」

しばしの一体感を満喫したあと、腰をゆったり引けば、肉筒には鮮血がべったり張りついている。

（すげえ血だ……真理亜のときとは、全然違う。ホントに痛くないのか？）

不安に駆られるも、愛液と血糊が潤滑油の役目を果たし、具合は決して悪くない。

「少し動いてみるぞ。いいか？」

「は、はい」

了承を得てから男根の抜き差しを開始すると、予想以上のスムーズさに気が昂り、無意識のうちにスライドが加速していった。

「あっ、ンっ、ひっ、くっ」

美優はシーツを握りしめ、苦痛に耐える仕草を見せるも、結合部からぱちゅんぱちゅんと淫猥な音が響き渡った。

膣内粘膜は相変わらず、強くも弱くもない絶妙の力加減で硬直の肉棒を引き絞る。

やがて少女の頬が紅潮しだし、半開きの口から熱い吐息がこぼれだした。

「はあはあ、あ、はぁぁっ」

ここぞとばかりに乳頭を指先で弾けば、美優は上体を仰け反らせ、恥骨を上下に振りたてる。

性感が揺るぎない上昇をたどっているのは明らかで、いやが上にも胸が躍った。

「ん、むうっ」

ペニスの芯がひりつきだし、射精願望が頂点に向かって駆けのぼる。直人は中ピッチのピストンからストローク幅を広げ、雁首で膣壁を執拗にこすりあげた。

「はっ、ふうぅぅっ」

美優が目をとろんとさせ、信じられない言葉を発する。

「き、気持ち……いい」

「……え？」

「気持ちいい」

中学一年の少女が、初体験から快感を得ることなどありうるのだろうか。

（まさか……妹のほうも処女膜が破れていたのか？　いや、それなら、こんなに出血しないはずだ）

もしかすると、媚薬が知覚神経を麻痺させ、痛みを和らげているのかもしれない。

だとしたら、まさにクスリさまさまだ。

（ようし！）

気合一閃、全身に力を漲《みなぎ》らせた直人は腰の動きをフル回転させた。

ウエストに手を添え、ヒップを抱《かか》えあげてから性器を深く結合させる。しゃにむに腰を振り、恥骨を下から上にしゃくっては膣内粘膜を攪拌《かくはん》する。

「あ、あ、やあぁぁあぁあっ！」

美優は金切り声をあげたあと、身をくねらせた状態で動きを止め、虚《うつ》ろな目で天を仰いだ。

顔は胸元まで桜色に染まり、生白い肌に汗の皮膜がうっすらまとう。

愉悦の表情に征服願望が満たされ、同時に射精欲求が堰《せき》を切って溢れだした。

「ぬ、おおっ」

恥骨同士がバツンバツンと鈍い音を立て、剛直が限界ぎりぎりまで張りつめる。

結合部はもちろん、シーツも真っ赤に染まっていたが、直人は怯むことなく怒濤《どとう》の
ピストンで膣肉を掘り起こしていった。

「あ、あ……」

美優は今や嬌声も張りあげず、身を強ばらせたまま快楽の海原にどっぷり浸ってい
るらしい。

媚肉だけが収縮を繰り返し、男根を亀頭から根元までまんべんなく揉みしごく。

「はあはあっ、で、出るぞ」

「ン、ふぅぅっ⁉」

甘襞を巻きこみつつ、直人は目にもとまらぬ抽送でラストスパートをかけた。

ようやくこなれた膣肉が胴体に絡みつき、内圧が一気に上昇する。幅の短いストロ
ークに移行すれば、コリコリした膣壁が雁首を強烈にこすりたてる。

「おっ、おっ、イクっ、イクぞぉぉっ！」

「ひぃぃンっ」

直人はとどめの一撃を叩きこんでから、愛液と鮮血にまみれた男根を膣から引き抜

いた。

鈴口からザーメンが噴きあがり、パウダースノーの肌にぱたぱたと降り注ぐ。

美優は身をよじったまま、四肢をピクピクと痙攣させるばかりだ。

少女のいじらしい姿に胸をときめかせつつ、直人は妹の処女まで奪った達成感にこの世の悦びを噛みしめた。


「ごめんなさい……シーツ汚しちゃって」

互いにシャワーを浴びたあと、直人は汚れたシーツを新しいものに替えた。

美優はバスタオル姿のまま、申し訳なさそうに目を伏せる。

「気にするな。シーツも布団も捨てる予定だから」

「え……新居に持ってかないんですか？」

「あ、ああ。もう古いから、新しいものに買い替えるつもりなんだ」

夜逃げの計画を知ったら、この子はどんな顔をするのだろう。せっかく苦労して籠絡したのに、こればかりは知られるわけにはいかないのだ。

「さ、こっちに来い」

朗《おお》らかな笑みをたたえて手招きすれば、少女は小股で歩み寄り、胸に縋《すが》りつく。そのままベットに横たわった直人は、天井をぼんやり見つめながら問いかけた。

「身体のほうは、大丈夫か？」

「あ、は、はい……ちょっとヒリヒリしますけど」

媚薬の効果が薄れはじめたのか、美優はいかにも痛そうな素振りを見せる。

初体験での猛烈ピストンは、やはり無理があったのだろう。直人は艶のある黒髪を梳《す》きつつ、優しげな口調で諭した。

「明日の練習は朝も夜も中止だ。ゆっくり休んでろ」

「そんな……大丈夫です」

「お前だって、これから大事な大会を控えてるんだ。無理をせずに休むんだ。これは、コーチ命令だぞ」

練習不参加の原因はすべて自分にあるのだから、悪びれもなく言い放つ自分に苦笑してしまう。

(そういえば……真理亜はそろそろ生理期間に入るはずだ。もしかすると、明日が合宿前の最後の調教になるかもな。美優が出てこなければ、ゆっくり仕込めるというわけだ)

悪巧みを思い浮かべた直人は、早くも明日の段取りを頭の中で組んだ。

「でも……びっくりしました」

「ん、何がだ？」

「突然、手足が動かなくなったから」

「それだけ気持ちよくなったということだよ」

「そういう……ものなんですか？」

「ま、まあな、それより来週の週末から合宿だが、もちろん行くよな？」

美優を堕淫の世界に引きずりこんだ以上、合宿参加から外す必要はなくなり、気分的にはずいぶんと楽になった。

彼女は胸に顔を埋《うず》め、ややためらいがちに答える。

「……はい」

膣内が痛むのか、やけに弱々しい声音《こわね》に直人は眉をひそめた。

「どうした？　気乗りがしないのか？」

「そうじゃないです。ただ、私一人で参加できたらいいのになと思って……」

「あ、う、うん」

姉とコーチの情交シーンは頭から離れないはずで、簡単に割り切れないのは当然のことだろう。

「お姉ちゃんにはこれからも……特別なレッスン……するんですよね？」

「そ、そりゃ、真理亜に関しては、あくまで指導でやってることだからな。まあ、安心しろ。大会が終わるまでのことだから」

「あたしも……ですか？」

「ん？」

「大会が終わったら、あたしとの関係もそこまでですか？」

「い、いや……俺にとって、美優は特別な存在だからな。お前さえいやでなければ、ずっとこのままでいたいと思ってるよ」

直人は細い肩を抱き寄せ、心にもない言葉で少女の純真な気持ちを繋ぎとめた。

「わかりました。悔しいけど……」

「ん？」

「お姉ちゃんとのこと、大会が終わるまで我慢します」

「そうか、わかってくれたか。俺もつらいが、スケートのためにお前を抱くことはできないからな」

妹の姉に対する劣等感やライバル意識は、考えていた以上に強いらしい。

合宿終了のその日まで、美優に優越感を植えつけたまま姉妹どんぶりを満喫するのだ。
（真理亜が生理になったあとは、美優を集中的に調教しておかんとな）
口角を上げた直後、乳首に心地いい快美が走った。
性的な好奇心に目覚めたのか、美優は惚けた表情から乳頭を指でいらう。
（ふっ、そんなに気持ちよかったのか。やっぱり、血は争えんな）
もしかすると、姉妹には淫乱の血が流れているのかもしれない。
酒池肉林の合宿に向け、直人の心は早くも来週末の連休に飛んでいた。

第五章　美姉妹どんぶりの愉悦

1

美優のバージンを奪った翌日、早朝練習に赴《おもむ》いた直人は室内トレーニング場で姉を個人指導した。

レッグカールと呼ばれる油圧マシンの上に腰かけ、真理亜を下腹部に跨がせる。そして衣装の股布をずらし、男根を彼女自ら膣内に導かせたのだ。

マシンには背もたれがついているため、胸の膨らみを楽に攻めることができる。

座位の体勢から腰をガンガン突きあげれば、真理亜の身体がトランポリンをしているかのように弾んだ。

「あぁンっ、あぁンっ、コーチ！」

一昨日のローター調教が効いたのか、早くもこなれた媚肉が怒張に絡みつく。

上半身だけは衣装を脱がせており、乳房をやんわり揉みしだいただけで、彼女は噎《むせ》び泣きに近い嬌声を張りあげた。

「あ、あぁ、激しい、激しすぎます！」

「そのほうが好きなんだろ!?」

「くひっ！」

臀部をぐるんと回転させ、雁首で甘襞を抉りたてる。間髪をいれずにマシンガンピストンを繰りだすと、真理亜は首筋に唇を押し当ててチュッチュッと吸った。

「むふっ、むふっ、ンっ、はあぁぁっ」

ソフトな愛撫もそこそこに身を大きく仰け反らせ、小さな口をかぱっと開け放つ。

「だめ、だめです！　いひぃぃっ」

尻肉を鷲掴み、スライドのたびに引き寄せては結合を深めた。肉槍の穂先で子宮口を小突きまくり、淫液がにっちゃにっちゃとリズミカルな音を奏でた。

快感の嵐が、波状的に襲いかかるのだろう。少女はピストンの合間に柳腰をくねらせ、恥骨を積極的にかち当てた。

（短期間で、ここまで成長するとはな。生理直前というのも、影響してるのかも）

真理亜に確認したところ、明日あたりから生理期間に突入するようだ。

姉の調教は合宿直前まで中断するため、直人自身も自然と気合いが入る。

尋常とは思えぬ量の愛液がだらだら滴り、男根を伝って陰嚢を温かく濡らす。息を止め、雄々しい律動をひたすら繰り返せば、美少女は喉を絞ってよがり泣いた。

「あぁ、やぁぁあ！　だめぇえっ、おかしくなっちゃう！　おかしくなっちゃいますぅっ!!」

「そういうときは、どう言うんだっけ？」

「あっ、ひっ!?」

ターボ全開とばかりに腰をさらにしゃくれば、真理亜は身を反らしたままヒップをぶるっと震わせた。

「あ、イクっ……イクっ」

耳を澄まさなければ聞き取れぬほどの声だったが、彼女は確かに絶頂を告げる言葉を放ったのだ。

直人は満足げな笑みを浮かべたあと、射精に向けて腰をこれでもかと突きあげた。

「中にたっぷり出すぞ。いいなっ！」

生理直前なら妊娠の心配はなく、コクコクと頷《うなず》く美しい教え子が食べてしまいたいほどかわいい。

「ン、ふぁわぁぁっ！」

身体を支えることができないのか、真理亜が前のめりの体勢から抱きついてくる。

口元にキスの雨を降らしつつ、直人は肉の弾頭を子宮口に途切れなく撃ちこんだ。

「ンっ、イクっ、イクっ、く、はぁぁぁっ！」

可憐な美少女がヒップを揺すりあげ、性の頂《いただき》にのぼりつめる。同時に下腹の奥が甘美な鈍痛感に包まれ、肉筒が熱い脈動を繰り返した。

「出る、出るぞぉ……ぬ、おぉぉっ」

快美の嵐が全身に吹きすさび、目が眩むほどの射精欲求が脳幹を覆い尽くす。

「ひンっ⁉」

肉の楔を深く突き刺したあと、直人は自制心を解き放ち、少女の中におびただしい量のザーメンをぶちまけた。

明王スケート場の関係者スペースには、更衣室のとなりにシャワー室が設置されている。

真夏でもリンク内は涼しいので、通常練習で使用することは滅多にないのだが、さすがに体液にまみれた状態で登校させるわけにはいかない。真理亜にシャワーを浴びさせ、学校に送りだした直人は男子シャワー室で汗を流した。

(あの調子なら、姉のほうは心配する必要はないかな。あとは、妹のほうか。できれば、すぐにでも調教を開始しておきたいんだが……)

バージンを喪失したばかりでは無茶な行為に出られないし、身勝手な言い分を納得してくれたのかという不安もある。

媚薬の効果が完全に消え失せ、破瓜《はか》の痛みがぶり返せば、気が変わるケースも十分考えられるのだ。

(もう少し時間があれば、なんとかなるのかもしれんが……)

合宿の催される十八日まで、あと九日。引っ越し先も決まっていなければ、家具類の処分も終わっていない。

姉妹どんぶりに向けての準備もしなければならず、やらなければならないことは多々あるのだ。

二人をよがり泣かせる光景を思い浮かべた瞬間、萎えていたペニスがむくむくと頭をもたげた。

いたいけな美人姉妹はどんな女よりも勝る魅力に満ち溢れ、牡の本能を騒がせる。

(あの身体を味わえるのも、あとほんのわずか……か。くそっ、ホントに忌々《いまいま》しいオーナーめ！ よりによって、かつてのライバル、倉橋を後釜に据えるとは！)

もともとは小田切の思惑どおりにさせたくないという復讐心から始まったことで、後ろ髪を引かれる思いはあるのだが、彼女らの前から姿を消す前提があるからこそ一匹の性獣になれたのだ。

どうせ後戻りができないのなら、オーナーへの鬱憤《うっぷん》晴らしとともに、姉妹に快楽の限りを尽くしておきたい。

(今のいちばんの問題は……妹のバージン喪失を、姉が知らないことだな。合宿ではどうしたって隠すのは無理だし、さて、どうしたものか？)

真理亜からしてみれば、かなりのショックを受けるはずで、思わぬ行動に打って出るケースも考えられる。

何かしら、スムーズに事を運べるアイデアがないものか。

思案しながら水栓を閉め、壁のフックに掛けていたスポーツタオルを手にしたところで、シャワー室の扉を開ける音が聞こえてきた。

(ん……誰だ？)

時刻は午前八時を過ぎており、スケート場の関係者が出勤したのだろうか。だとしても、いきなりこんな場所に入ってくるとは思えない。息を潜めて訝《いぶか》しむなか、足音は真っすぐ個室に近づき、シャワーカーテンが予告なしに開けられた。

「……あっ!?」

慌ててタオルで股間を隠した直後、目の前に佇《たたず》む人物に目を丸くする。

「み、美優」

学生服姿の少女は素足の状態で、なぜか微笑をたたえていた。

「ど、どうしたんだ？　今日の練習は休みのはずだろ……あ、まさか」

もしかすると、美優はまたもや真理亜との交情を覗き見していたのではないか。

よく見ると、あどけない少女の目は全然笑っていなかった。

「が、学校はどうした？」

「遅刻していくつもりです」

「い、いかんぞ！　さぼっちゃ」

泡を食いながら叱責するも、美優は我関せずとばかりに個室に入ってくる。

「こ、こら、何を考えてる!?」

「ちゃんと見てましたから」

「な、何をだ？」

「コーチが、お姉ちゃんに指導するとこ」

「それは……だから、ちゃんと説明しただろ？　大会が終わるまでのことだって」

裏返った声で告げるや、少女は間合いを詰め、思いも寄らぬ言葉を投げかけた。

「キスしてましたよね？」

「……は？」

「お姉ちゃんが前屈《かが》みに倒れこんだとき、キスしたの、しっかり見たんですから！」

「そ、それが……なんだってんだ？」

「ちゃんとした指導をするつもりなら、キスなんてしないと思います」

「……あ」

突拍子もない指摘に、直人は呆然とした。

特別指導を覗き見しにきたのだから、美優が背徳の関係を他言することはないだろう。今の彼女の心に巣くうものは姉への嫉妬であり、女のプライドでもあるのだ。

「あ、あれは、たまたま偶然、そうなったわけで……」

「ホントは、お姉ちゃんのほうが好きなんじゃないですか？」

「バ、バカっ、そんなことあるわけないだろ！　第一、本当に好きなら、口元じゃなくて、唇にするはずじゃないか」

「え？　唇にしたんじゃないんですか？」

「違う違う、口元だよ」

遠目からなら、確かに唇にキスしたように見えたのかもしれない。

苦笑しながら弁明すると、美優の表情は打って変わって和らいでいった。

「ご、ごめんなさい……あたし、てっきり……」

「いや、いいんだ。とにかく……真理亜は生理期間に入るし、当分は特別指導もなくなるわけだからな」

「そのあいだ、私に個人レッスンしてください」

「え？　あ、そ、そのつもりだが、まだ、その……痛むだろ？」

「平気です！」

「平気って……お、おい」

美優がさらに歩み寄り、個室の隅に追いやられる。思わず身構えると、少女はバスタオルの中心部に視線を落とし、頬をポッと赤らめた。

「あたしのほうが……」

「……え？」

「お姉ちゃんよりも、コーチの指導に応えられると思います」

「あ、ちょっ……」

美優はタオルを払いのけ、らんらんとした目を牡の肉に向ける。そして、すっかり萎えていたペニスを小さな手で握りこんだ。

「お、ふっ」

「ふだんは、こんなに小さいんですね……はぁ」

彼女は熱い溜め息をつくや、肉幹をシュッシュッとしごきはじめ、男根がまたもや屹立《きつりつ》していく。

「むむっ」

「すごい……コチコチ」

「そ、そりゃ、そんなにしごいたら、大きくなるのは当たり前だよ」

「もっと大きくさせてください」

「そんなこと言ったって……」

困惑げに答えると、美優は腰を落としざま、七分勃ちのペニスをぱっくり咥えこんだ。

「……あっ」

真理亜との結合直前、直人はフェラチオを一から教えこんだ。

おそらく美優は、そのときから熱心に観察していたのだろう。顔も舌の動きもぎこちなかったが、懸命な口唇奉仕に気が昂《たかぶ》りだす。

(まったく……積極的だな)

妹のほうも、来週の金曜までに完落ちさせなければならない。九日後の合宿に向け、直人の欲望は破裂寸前まで膨らんでいた。

2

九月十八日、土曜日。

真理亜は美優とともに、直人の車で二泊三日の合宿に赴いた。

宿泊場所は県営のスポーツ施設で、近場の大学が所有するスケートリンクを借り受け、朝から晩まで練習漬けの三日間を過ごすのだ。

朝早く自宅を出発した車は、国道沿いを快調に疾走する。

後部座席に座る姉妹の様子は対照的で、美優はいつになくはしゃぎ、真理亜は沈痛な面《おも》持ちをしていた。

（この合宿、どうなるのかしら？　美優が参加してるし、変な指導はできないと思うけど……）

ホッとする一方で、割り切れないこの感情はどういうことなのか。ふと淫らな光景が頭を掠め、意識せずとも胸がモヤモヤした。

生理期間に入ってから、特別指導が一度もなかったせいなのか。

（私……どうしちゃったんだろ。いやらしいことするために来たわけじゃないのに）

わかってはいても、気持ちが落ち着かず、どこかで甘い期待を捨てられない。

スポーツ施設の宿泊所は男女別で、行き来は禁止されている。違反行為をしたら即座に退去させられ、二度と利用できなくなってしまうのだ。

大学のスケート場で指導を受けるわけにもいかなかった。

ラブホテルで指導を受ける破廉恥な行為に及べるはずもなく、もちろん美優がいたのではラブホテルで指導を受けるわけにもいかなかった。

（やだ、私ったら……ラブホテルだなんて。何もないのが当たり前なんだから、いいじゃないの）

淫猥な行為を頭から振り払おうとするも、逆に意識してしまい、身体の芯が疼きだす。

今、自分の肉体には何が起こっているのか。背徳的な指導を受けつづけていて、本当にいいのだろうか。

深い溜め息をつくと、美優は腰を浮かし、運転席の直人に問いかけた。

「コーチ！」

「ん？」

「今日の予定は？　何をするんですか？」

「練習に決まってるだろ」

「あぁン、だから、どんな練習なのかって聞いてるんです」

「ちゃんと考えてあるぞ。今日は、基礎体力作りが中心だな」

「えぇっ、すべらないんですか？」

「あ、う、うん……大学のほうがな、今日はどうしても使えないらしいんだ」

「ショック……ウエイトトレーニングとか、いやですから」

天真爛漫《てんしんらんまん》な妹は言いたいことだけを告げ、頬をプクリと膨らませる。

どんなときでも決してめげない、彼女の明るい性格が羨ましい。

（でも……私とコーチの関係を知ったら、さすがに普通じゃいられなくなるだろうな）

妹だけには、直人との秘密を絶対に知られてはいけないのだ。

（とにかく、大会が終わるまでの辛抱《しんぼう》だわ。ちゃんと、結果を出さないと）

決意を秘めたところで、またもや美優の甲高い声が響き、真理亜はびっくりして顔を上げた。

「コーチ、あとどれくらいで着くんですか⁉」

「もうすぐだ」

何気なくサイドウィンドウから外の様子を眺めれば、見慣れぬ風景が目に入る。

車はいつの間にか山道を走っており、真理亜はとっさに小首を傾《かし》げた。

（去年までの道とは……違うわ。別のルートを選んだのかしら？）

美優はまったく気づかないのか、相変わらず呑気な態度を見せている。

車は細い国道から横道に逸れ、速度を落として砂利道を突き進んだ。

周囲は深い緑に覆われており、一見すると、不気味な雰囲気を漂わせる。

五分ほど走ったところで森が開け、真理亜は前方に広がる光景にあっという声をあげた。

「こ、ここって……」

「貸別荘のコテージだ。毎回、県営のスポーツ施設じゃ味気ないし、たまには気分を変えて、こういった場所もいいんじゃないかと思ってな。予約しておいたんだ。温泉付きで、バーベキューもできるぞ」

「きゃあっ、すごいおしゃれっ！」

三角屋根の木造の建物は玄関口がウッドデッキ仕様で、美優の言うとおり、洒落《しゃれ》た雰囲気を醸しだしている。

傍らにある屋根付きのスペースにはバーベキューセットが設置されており、県営の宿泊所と比べたら、確かに気兼ねなく過ごせそうな場所だった。

十分ほど前、直人は案内所らしき場所に立ち寄り、そこで貸別荘の鍵を受け取ったのだろう。

「おーし、着いたぞ」

車が停車すると、美優はにこやかな顔で我先にと飛びでていく。

「お姉ちゃん、何やってんの？　早く降りなよ。空気がすごくおいしいよ」

「あ、う、うん」

車外に降り立つと、涼しい風が頬をすり抜け、鳥のさえずりや葉擦れの音、木々の爽やかな匂いが気持ちを落ち着かせる。

周囲に他の建物は見当たらず、どうやらこのコテージは離れた場所に一軒だけ建てられているらしい。

少なからず高揚したものの、どうしてもはしゃぐ気になれない。

（大学のスケート場には、車で通うのかしら？　なんにしても……こんな隔絶された場所じゃ、人の目にはまったく触れないってことだわ）

直人があえて貸別荘を選んだのは、何かしらの思惑があるのではないか。

美優が就寝したあと、淫らな指導が待ち受けている可能性は十分ありえるのだ。

困惑する反面、胸が甘く疼き、子宮の奥がキュンとひりつく。

ぼんやりしていると、直人は玄関扉を開け、笑顔で室内に促《うなが》した。

「さ、早く入れ」

「楽しみ！」

大らかな妹は、何の疑念も抱かずにウッドデッキの階段を昇っていく。

バッグを手に仕方なくあとに続き、靴を脱いであがれば、室内装飾は普通の一軒家とほとんど変わらない。

外観は小さく見えたが、中はそこそこ広いようだ。

リビングに足を踏み入れると、革張りのソファ、清潔感に溢れたアイランドキッチン、重厚な造りのダイニングテーブルセットに感嘆の溜め息がこぼれた。

「わあ、見て、お姉ちゃん、暖炉まであるよ！」

「部屋の間取りは３ＬＤＫだ。二階にあるふたつの部屋は、お前らが使えばいい」

「えっ、個室ですか⁉」

「人数分の部屋があるんだから、使わない理由がないだろ。それとも、お姉ちゃんといっしょじゃなきゃ、眠れないか？」

　直人がニヤリと笑うと、美優は上唇を尖らせる。

　別部屋ということは、姉妹といえども、互いのプライバシーは守られるわけだ。

（コーチが私の部屋に……ううん、私がコーチの部屋に行けば、美優に気づかれる可能性は低くなるわ。この子、一度寝ちゃうと、朝まで起きないタイプだし）

　はしたない妄想をした瞬間、心臓が早鐘を打ちだした。

　拒否したい気持ちはあるのだが、紛れもなく肉体が快楽を欲《ほっ》している。

　心もとなげに佇むなか、直人は口元を引きしめてから言葉を続けた。

「ひと言、伝えておかなければならないことがある。実は宿泊場所の変更は俺の独断で、お前らの親には相談してないんだ。心配させるのも悪いと思ってな。だから、このことは内緒にしてほしい」

　実際に倫理から外れた行為をしているのだから、彼の言い分はよくわかる。

　楽天家の妹は、ここでも疑いを持たずに快活な声で答えた。

「はい、わかりました！」

「真理亜は？」

「わ、わかりました。あの……」

「ん、なんだ？」

「食事とかは、どうするんですか？」

「食料品は出発前に買いこんでいて、車のトランクに入ってるんだ。今日の夕食は、近場のレストランで済ますつもりだがな」

「レストランがあるんですか!?」

「ああ、あるよ。うまいと評判のイタリアンレストランだ」

「やった！　ますます楽しみっ！」

美優は目を輝かせて飛び跳ね、直人も満面の笑みを浮かべたが、真理亜だけは鼻白んだ。

「俺は今から食料品を運びこむが、そのあとは、ビデオで演技チェックと振り付けの再確認をするからな。今日の予定としては、そんなところだ。何か、質問は？」

「ありません……お姉ちゃんは？」

「ない……です」

聞きたいことは他にもあるが、とても質問できる状況ではない。

本来なら初日からリンクで実践練習をするのだが、やけにのんびりした合宿のスケジュールに不安は拭《ぬぐ》えず、真理亜は難しい顔をするばかりだった。

「それじゃ、しばらく自由時間だ」

直人がリビングから出ていくと、多少なりとも気持ちが軽くなる。美優は相変わらずご機嫌の様子で、にこにこしながら誘いをかけた。

「お姉ちゃん、二階に行ってみよ」

「あ、う、うん」

リビングをあとにし、二階への階段を昇れば、左右にふたつの扉がある。何事にもポジティブな妹はさっそく左側の部屋に入り、素っ頓狂な声を張りあげた。

「きゃあぁ、きれい！　お姉ちゃん、見て！」

言われるがまま覗きこめば、床にはふかふかの絨毯が敷かれており、ベッドやチェスト、丸テーブルの他にクローゼットらしき扉が目に入る。

八畳ほどのこじんまりした部屋ではあるが、スポーツ施設の殺風景な部屋とはえらい違いだ。

「あっ、ベランダ付きだよ！」

貸別荘の裏側には川があるらしく、せせらぎが微かに聞こえる。

真理亜も室内に足を踏み入れ、窓際に歩み寄ると、山並みと渓谷の素晴らしい景色が一望できた。

(お風呂は温泉付きらしいし、宿泊費……けっこう高いんじゃないかしら)

合宿の経費はクラブ側から支払われるはずだが、差額は直人が自腹で払うつもりなのかもしれない。

やはり、彼はよこしまな思いを抱いているのだ。

「あ、お姉ちゃん……このベランダ、となりの部屋と共有だよ」

美優が窓を開け、外に首を伸ばして呟くと、真理亜もあとに続いた。

「……ホントだ」

「お姉ちゃん、真夜中に侵入してこないでね」

「何言ってんの！　それは、こっちのセリフよ」

子供の時分からおませな性格だったが、中学に進学してからは生意気な口をきくようになった。

それでもキッと睨みつければ、舌をペロリと出す仕草は変わらない。

(もう、いつまで経っても子供なんだから)

ムッとする一方、憎めないキャラクターは彼女の長所でもある。

純真で真っすぐな一面があるだけに、直人との関係は絶対に知られるわけにはいかないのだ。

合宿一日目の夜には、いったい何があるのか。

真理亜の心配は尽きることがなかった。

3

その日の夜、直人は大きなバッグを手に二階への階段を昇っていった。

このあとの自身の行為を思い浮かべただけで、大いなる期待からペニスがフル勃起する。

果たして、どんな展開が待ち受けているのだろう。

考えただけで胸がワクワクし、アドレナリンが多量に分泌した。

真理亜が美優との秘密を知れば、パニック状態に陥るのは明らかだ。

それでなくても、自分とコーチの関係を妹に気づかれまいと、警戒している様子がありありとうかがえた。

ストレートなアプローチは避け、まずは姉としての責任感と良識を粉々に打ち砕いておくこと。それが、頭をひねって考えた特別指導の第一ステップだった。

（それにしても……美優の積極さには参ったな）

真理亜が生理期間に入るや、毎日のようにおねだりしてきたのは、姉よりも優れているところを見せたかったのか。

最初のうちは破瓜の痛みを堪《こら》えていたが、四日目が過ぎたあたりから快感を受けいれ、直人は心おきなく性感を開発していった。

そして処女喪失から一週間目にして、ついにセックスで絶頂に導いたのである。

妹のほうは何の問題もなかったが、姉は今頃、複雑な思いを抱いているに違いない。

（真理亜には、夕食時のレストランでこっそりと誘いをかけておいたからな）

彼女にふしだらな指導をするのは、九日ぶりのこととなる。

肉体が疼いているのか、はたまた妹への配慮からいたたまれない心境でいるのか。

時刻は午前零時。あたりがしんと静まり返るなか、二階に到達した直人は舌なめずりしながら右側の部屋に向かった。

ドアノブを静かに回し、音を立てぬように扉を開ける。

（ふっ……指示どおり、常備灯にしてるぞ）

ぼんやりしたオレンジ色の光が官能的な気分を盛りあげ、股間の逸物が派手にいきり勃った。

真理亜は背を向けて寝ていたが、厚手のブランケットがもぞもぞ動いている。

「……真理亜」

小声で呼ぶと、彼女は肩越しに振り向き、やはり気まずげな表情から身を起こした。

「そのままでいいぞ」

「……え？」

行為に及ぶなら、直人の部屋でと思ったのだろう。美少女はとたんに訝しみ、口元を強《こわ》ばらせる。

「今日は、スポーツマッサージをしにきただけだから」

「マッサージ……ですか？」

「ああ、そうだ。今週は、かなりハードな練習をこなしたからな。疲労を溜めこんだ筋肉は、ちゃんとほぐしておかんと」

直人はバッグを床に下ろし、中から取りだしたアロマポットを丸テーブルの上に置いた。

「な、何ですか？」

「アロマランプだよ。気分をリラックスさせる効果があるんだ。薬液はもう入れてきたから、あとは火をつけるだけだ……と、悪いが、ベッドにスポーツタオルを縦に敷き詰めてくれるか」

続いて大きなタオルを三枚手に取り、真理亜に向かって放り投げる。彼女は首を傾《かし》げるも、ブランケットを除け、指示どおりにタオルをシーツの上に敷いていった。

アロマポットの消化キャップを外し、中心にある先端のセラミック部分にライターで着火する。そしてしばし間を置いてから火を吹き消し、上から王冠の形をした飾り蓋を被せた。

「あ……いい匂い」

「だろ？　自然と、気持ちが落ち着かないか？」

「は、はい」

「それじゃ、マッサージを始めるか。パジャマを脱いでくれ」

「あ、あの……」

「なんだ？」

「ブラ、してないんですけど……」

「必要ないだろ。今さら、恥ずかしがることじゃないんだから」

「わ、わかりました」

「パンティも脱いじゃえ」

真理亜は困惑したあと、身体を反転させ、パジャマをためらいがちに脱いでいく。

直人は少女の脱衣シーンを横目でうかがいつつ、今度はアロマオイルの瓶を取りだしてキャップを外した。

（ふふっ、アロマランプの薬液やこのオイルにも媚薬がたっぷり入ってるんだ。身体も脳みそも、とろとろに蕩けさせてやるぞ）

彼女は指示どおりにパンティを下ろし、瑞々《みずみず》しい桃尻をさらけだした。やがて生まれたままの姿になり、美しい肉体をベッドに横たわらせる。

「そうそう、俯せになって」

真理亜は枕を引き寄せ、足をピタリと閉じて目を瞑《つむ》った。

薄暗い照明の明かりが、身体の稜線に悩ましげな陰翳を作りだす。贅肉こそなかったが、決してギスギスしたボディラインではない。

男の味を知ってから、胸やヒップは丸みを帯び、女らしい官能的なプロポーションを見せつけているのだ。

「よし、それじゃ、マッサージを始めるぞ」

「……はい」

「オイルは、ちゃんと温めてあるからな。ひんやりすることはないから、安心しろ」

「ンっ！」

オイルを脹《ふく》ら脛《はぎ》に滴らせ、手のひらで足首まで伸ばせば、可憐なヒップがピクンと震えた。甘い芳香が室内に立ちこめ、淫靡な雰囲気に拍車をかける。

直人はオイルを双臀に再び垂らし、太腿の裏側に拡げていった。

「さあ、本格的に始めるぞ」

真理亜の足元に移動し、足首に両手をそっとあてがう。緊張しているのか、筋肉はガチガチの状態だ。

「ほんの少し、足を開いてくれ」

「……え？」

「大丈夫だ。この暗さじゃ、恥ずかしいとこは見えないから」

「は、はい」

美少女は小さな声で答え、申し訳程度に美脚を開く。

前屈みの体勢から全体重を乗せ、脹ら脛から太腿まで手のひらをすべらせると、さっそく甘ったるい声が洩れ聞こえた。

「あ、うぅンっ」

「あまり大きな声は出すなよ。美優に、気づかれちゃうからな」

「あ、は、はい」

「気持ちいいか？」

「はい、気持ちいいです」

「もっと気持ちよくさせてやるぞ」

照明の仄《ほの》かな光を反射し、ぬらぬらと照り輝く肌が猛烈な淫情をそそらせる。

直人は太腿を中心に、入念なマッサージを繰り返した。

「リンパの流れを活性化させてやらんとな。特に……このあたりに余計な老廃物が溜まるんだ」

「は……うっ」

両の親指を鼠蹊《そけい》部にすべらせ、軽く揉みこむと、かわいいヒップがクンと浮きあがる。敏感な箇所だけに羞恥心が込みあげたのか、腰がいやいやをするように揺れた。

「……あぁ」

ふっくらした大陰唇の、なんと心地いい感触か。

この段階では、肝心な箇所はまだ攻めない。焦らすだけ焦らし、性感を頂点まで導いてやるのだ。

「はっ、ふっ、ンっ……ふうっ」

湿った吐息を間断なく放ち、まろやかなヒップが左右にくねりだす。中心部に愛液と思われるきらめきが微かに見て取れた。

目を凝らし、股ぐらに熱い視線を注げば、中心部に愛液と思われるきらめきが微か
麗しの美少女は今、マッサージを受けながら女陰をはしたない分泌液で濡らしている。媚薬入りのアロマとオイルの香気が鼻腔を掠《かす》め、直人自身も性的な昂奮を抑えられないのだ。

ハーフパンツの中央が盛りあがり、男の分身に激しい痛みが走った。

倒錯的な状況に気が昂り、何度も生唾を飲みこんだ。

（まだだ、このあとは重要な大仕事が残ってるんだからな）

気を引きしめた直後、ヒップがまたもや浮きあがり、上下左右にふるふると揺らぐ。

どうやら強大な快感がほしいのか、無意識のうちに女芯を指腹にこすりつけようとしているらしい。

そうはさせじと、タイミングよく鼠蹊部から指を離し、再び太腿のほうから手のひらで筋肉を揉みほぐす。

「……はぁ」

失意の溜め息がこぼれたところで、頃合いだと判断した直人は次の指示を出した。

「よし、仰向けになれ」

よほど快感を欲しているのか、少女はためらうことなく身体を転回させ、媚びた眼《まな》差《ざ》しを向ける。

しっとり潤んだ瞳、真っ赤に染まった頬、妖しく濡れた唇。あだっぽい表情に怒張が脈打つも、この時点で挿入するわけにはいかない。

「は、ふぅぅン」

今度は乳房をゆったり揉みしだき、ピンクの肉粒を指先でいらうと、真理亜は腰をよじりざま鼻にかかった声を洩らした。

理性やモラルは、すでに崩落寸前なのだろう。自ら足を開き、恥ずかしげもなく恥骨を上下に振りたてる。

「はっ、やっ、ン、はぁあっ」

乳丘を手のひらで丹念に練るなか、乳頭がピンピンにしこり勃ち、あえかな唇の狭《はざ》間《ま》から切羽詰まった声が放たれた。

「あぁン……コーチ」

「ん、なんだ？」

「あの、あたし……」

「はっきり言ってくれんと、わからんぞ」

真理亜は喉まで出かかった言葉を呑み、細眉を切なげにたわめる。

直人は満足げな笑みを浮かべ、再び下腹部に両手を下ろし、内腿から股の付け根に指先を何度も往復させた。

「は、ふうっ」

敏感なポイントをわざと外し、焦燥感をこれでもかとあおる。女唇はすでにぱっくり開き、クリトリスも包皮が剝けてルビー色の輝きを燦々《さんさん》と放った。

恥割れから愛の蜜が滾々と溢れ、会陰からタオルに滴り落ちてはシミを拡げていく。

「コ、コーチ、あたし、もう……」

「我慢できないのか？」

「が、我慢できないです」

声が上ずり、何度も唇を舌でなぞりあげる仕草が性感の昂りを如実《にょじつ》に物語っていた。

彼女の身体の真横に移動すれば、さっそく手を伸ばして股間の出っ張りを鷲摑む。

「おっ、自分から握っちゃうんだ？」

「はっ、はっ、だって……」

「だって、じゃないぞ。なんてはしたない女の子なんだ。いけない子には、まだご褒美はあげられないな」

「そ、そんな……あ」

真理亜が悲しげな顔を見せた瞬間、直人は右手の中指と薬指を肉の綴じ目にあてがった。ゆっくり時間をかけて膣内に指を埋めこめば、待ち焦がれていた媚粘膜が物欲しげにうねりくねる。

「あ、ひっ」

「いいか、大きな声をあげたらだめだぞ」

「……ンっ⁉」

最後に念を押し、指を根元まで挿入してから抽送を開始すると、少女は空いた手で口を覆い隠した。

「むっ、ンっ、うふっ！」

結合部から、ぐっちゅぐっちゅと濁音混じりの猥音が響き渡る。早くもこなれた膣内粘膜が、収縮しながら指先に絡みつく。

直人はこめかみの血管を膨らませ、指のスライドを徐々に速めた。

「ぐっ、ひっ、ふぅぅっ！」

　ペニスは、まだまだ挿れてやらない。まずは、指だけでオルガスムスに導くのだ。

　真理亜はハーフパンツの膨らみを握りしめたまま、顔を左右に打ち振る。よほど狂おしいのか、目尻からひと筋の涙がツツッと滴り落ちる。

　ヒップが小刻みなバウンドを繰り返すと、膣の中のコリコリした箇所が指先を強烈に締めつけた。

（おっ、イクのか……むっ⁉）

　ヒップがググッと迫《せ》りあがった刹那、淫裂から透明な液体がピュッと迸《ほとばし》る。

（し、潮だ！　潮を吹いたぞっ‼）

　思いがけぬ展開に喜悦するあいだ、体液は続けざまに何度も跳ねあがった。

　自覚はあるのだろう、真理亜は目を大きく見開き、自身の下腹部を泣きそうな顔で見つめる。

「すごい、すごいぞ。身体の中の老廃物が、これだけ溜まってたんだ。全部、出してしまえ」

　恥ずかしい現象ではないという意識を植えつけ、さらに腕を打ち振れば、潮は絶えることなく淫裂から噴きだした。

「む、むふぅぅっ!」

「それにしても、すごいな。ベッドを飛び越えて、床のほうまで飛んじゃってるぞ」

放出の勢いが衰えたところでピストンをストップさせ、膣から指を抜き取る。

手のひらはもちろん、右腕は肩のほうまで潮まみれだ。

陶酔のうねりが押し寄せているのか、真理亜は黒目をひっくり返し、大股を開いたまま全身を痙攣させていた。

理性は、完全に忘却の彼方《かなた》に吹き飛んだとみていいだろう。

(さあてと……次のステップだ)

女の悦びにどっぷり浸る美少女を見下ろし、直人はあこぎな計画の第二プランに思いを馳せた。

4

(コーチ……そろそろ来る頃かな)

真理亜がエクスタシーの波に呑みこまれた頃、美優はとなりの部屋で直人の来訪を首を長くして待っていた。

パジャマはすでに上下とも脱いでおり、甘い期待から胸を小鳩のように震わせる。

（はあ……モヤモヤする）

夕食を済ませたあと、彼から午前一時に部屋を訪れると耳打ちされた。

もちろん姉には秘密であり、知られるわけにはいかないし、知られたくもない。

彼女は疲れているからと、十一時過ぎに床につき、三十分ほど直人と二人きりで過ごした。

情熱的なキスから秘園を指で撫でつけられ、あまりの昂奮から息をすることさえつらかった。

そのまますぐにでも肌を重ね合わせたかったが、姉に悟られてはいけないと、彼女が深い眠りにつくまでお預けを食ってしまったのだ。

女芯がひりひりと疼き、身体の火照りも収まらない。

美優はブランケットをはね除け、自身の股間を恨めしげに見つめた。

（ああ……コーチ、ひどいよ）

彼は膣の中にペニスを模したアダルトグッズを挿入し、しかもT字形の黒い革製のパンティを無理やり装着させたのだ。とても下着とは思えぬ代物《しろもの》で、自分の意思では脱げぬよう、中心部に小さな南京錠が付いている。

淫らなグッズは微振動を繰り返し、膣壁を抉っては快美を断続的に与えた。

（はあっ……やだ、もうおかしくなっちゃう）

姉も膣の中に淫らなグッズを挿入されていたが、きっと同じような快感を味わっていたのだろう。

ショーツの中に手は入れられないため、指で慰めることもできず、美優は仕方なく乳房に手を這わせた。

「あ、ふンっ」

乳頭が硬くしこり、軽く触れただけで性電流が身を駆け抜ける。

「はっ、はっ」

腰が勝手にくねり、息が自然と荒くなった。内腿を擦り合わせても、さほどの快感は得られず、ますます悶々とするばかりだ。

（あぁ、コーチ……早く、早く来て）

乳丘を手のひらで引き絞った瞬間、ドアをノックする音が聞こえ、美優はハッとして身を起こした。

音もなく扉が開き、にこやかな顔をした直人が姿を現す。

「コ、コーチ！」

「しっ!!」

彼は唇に人差し指を当て、険しい眼差しで咎《とが》めた。

(そうだわ……となりの部屋には、お姉ちゃんがいるんだった)

自制心を呼び戻すも、女肉のひりつきは収まらない。美優はベッドから下り立ち、摺り足で近づくや、厚い胸板に縋《すが》りついた。

「……コーチ」

「待たせたな」

「ひどいです。こんな変なもの、穿かせるなんて」

「つらかったか?」

コクンと頷けば、直人はしたり顔で言葉を続ける。

「これも、精神力と忍耐力を鍛える特訓のひとつだ」

「あぁ……早く外してください」

「わかった、外してやるよ」

「お姉ちゃん、寝てますよね?」

「あぁ、今、ちょっと様子を見てきたんだが、ぐっすり眠ってるよ」

「……そうですか」

「心配する必要はないと思うが、万が一ということもあるからな。なるべく、大きな声は出すなよ」

「はい、わかりました……はぁっ」

胸のドキドキが止まらず、意識せずとも甘い吐息が洩れてしまう。

「……ひっ」

とたんに膣の中のグッズが振動を強め、美優は口元を手で塞いで膝を折った。

（な、何……いきなりどうしたの？）

よく見ると、直人は右手をハーフパンツのポケットに入れており、訳がわからぬまま股間に手を添える。

「あ、くっ、くっ」

「ふふっ、ポケットの中にリモコンを入れてるんだよ。これで電波を飛ばして、バイブレーションの強弱を変えられるんだ。今は『強』にしてるから、強烈だろ？」

「あ、あ、と、止めてください」

苦悶の表情で哀願すると、振動が弱くなり、安堵の胸を撫で下ろす。それでも快感のうねりは絶えず押し寄せ、下腹部に力がまったく入らなかった。

「コ、コーチ……」

「なんだ？」

「は、早く、どうしてほしいんだ？」

「これを、これを……挿れてください」

エッチな女の子だと思われてもいい。少女は直人の股間に手を伸ばし、三角の頂を描く膨らみを握りこんだ。

「あ、すごい……こんなになって」

「おっ、いけない子だな。自分からチ×ポを掴むとは。しかも裸で待ってるとは、びっくりしたぞ」

「だって……もう我慢できないんです」

バイブとやらの先端が、回転を繰り返しては膣肉をほじくり返す。

意識が混濁しだし、もはやまともな思考は働かない。自分でも気づかぬうちに、本能の赴くまま勃起をしごいた。

鉄の棒を仕込んだような感触が手のひらに伝わり、性感覚が極みに向かって駆けのぼる。美優は直人の承諾も得ずにハーフパンツの腰紐をほどき、ウエストから手を潜りこませた。

「おっ、むうっ」

一分一秒でも早くその気にさせようと、肉幹をじかに握りしめ、上下にスライドさせる。熱い脈動を実感するごとに鼓動が高鳴り、胸が張り裂けそうなほど締めつけられた。

上目遣いに様子をうかがえば、直人は余裕たっぷりの表情で呟く。

「しごいてるだけで、満足するのか？」

「あぁン……コーチの意地悪」

恥じらいを捨てた少女は腰を落としざま、紺色の布地をボクサーブリーフごと剝き下ろした。

牡のシャフトが反動をつけて跳ねあがり、透明な粘液が扇状に翻《ひるがえ》る。

直人も性的な昂奮に衝き動かされ、ペニスの先端を濡らしているのだ。獣じみた臭気が鼻腔を燻《いぶ》した瞬間、膣の奥がキュンとひりついた。

「はあぁあっ……もう我慢できません」

「風呂には、まだ入ってないんだぞ。いいのか？」

「……かまいません」

涙目で答えるや、舌を差しだし、陰嚢から裏茎をてろてろと舐めあげる。

しょっぱい味覚が口中に広がるも、美優はたっぷりの唾液をビンビンの屹立にまぶしていった。

この一週間余り、口戯のやり方を一から教わり、自分のものにしようと懸命に努力してきたつもりだ。今では、姉よりも上達したのではないか。

優越感に加えて、彼女よりも先に特別指導を受けることがうれしかった。

直人は宣言どおり、自分に対してだけ異性としての好意を抱いているのだ。

充血した強ばりに涎をまとわせたあと、美優は亀頭冠を真上からがっぽり咥えこんでいった。

「む、ふっ、ふぅぅっ」

頬をぺこりとへこませ、鼻の下を伸ばし、強靱《きょうじん》なペニスを喉深くまで呑みこんでいく。息苦しくなんかない。彼に褒めてもらえるよう、最高の奉仕を見せつけてやるのだ。

顔の打ち振りを開始し、唇と舌を使って怒張を舐めしゃぶる。口の中を真空状態にし、じゅるじゅると吸いたてては肉幹をしごきあげる。

徐々にスライドの速度を上げていけば、頭上から裏返った声が洩れ聞こえた。

「お、き、気持ちいいぞ」

もっと快感を吹きこみ、至高のご褒美を与えてもらうのだ。

「ふンっ！　ふンっ！　ふンっ！」

鼻から小気味いい息継ぎを繰り返し、コキュコキュとリズミカルな吸茎音を響かせる。理性とモラルはすでに粉砕され、今の美優はとなりの部屋に姉がいることすら忘れていた。

5

一階の浴室でシャワーを浴び終えた真理亜は、バスタオルを身体に巻きつけた姿で音を立てぬように階段を昇っていった。

下腹部がいまだに浮遊感に包まれ、頭もポーッとしている。

（恥ずかしい……タオルをあんなに濡らしちゃって）

潮を吹くという知識がなかったため、最初はひたすら驚くばかりだった。

指先で膣天井を何度もこすりあげられ、膀胱が圧迫されるような感覚を振り返れば、噴出した分泌液は小水ではないのか。

お漏らしをした事実を恥じらいつつ、妹が就寝する部屋の扉をちらりと見やる。

今頃は、熟睡している頃だろうか。

さんざん焦らされた挙げ句、直人は最後までペニスを挿入してくれなかった。

物足りなさはどうしても否めず、肉体の深部には快感の残り火がブスブスと燻《くすぶ》っている。

性感が鋭敏になっているのか、シャワーのしぶきすら肌をひりつかせたのだ。

(あぁ……おチ×チン、挿れてほしい)

唇の狭間で舌を物欲しげにすべらせた直後、真理亜は耳に届いた微かな物音に足を止めた。

美優の部屋からなのか、耳を澄ませたが、何も聞こえてこない。

(……勘違いかしら)

小さな不安は瞬時にして消し飛び、大いなる期待に気持ちが傾いた。

ドアノブを静かに回して扉を開け、目元を紅潮させながら室内に踏み入るも、直人の姿はどこにも見られない。

常備灯の光がぼんやりとともるなか、少女は儚げな表情でベッドに腰かけた。

(お手洗いに、行ったのかしら)

事後、いっしょに部屋をあとにし、真理亜は浴室に、直人は手を洗いに洗面所へ向かった。

シャワーを浴びていた時間は、およそ十分ほどだったか。

もしかすると、自分の部屋で倒錯的な行為の準備をしているのかもしれない。

（あぁ、コーチ……早く来て）

アロマの甘い芳香が、またもや性的な昂奮を高めていく。

（だめ、待ちきれないわ）

彼の部屋に赴こう。そして大きな快感を与えてもらい、遠慮することなく嬌声を張りあげるのだ。

意を決し、腰を上げかけたところで、真理亜はハッとした。

とっさに耳を傾ければ、どこからか奇妙な物音とくぐもった吐息が聞こえてくる。

（ま、まさか……）

顔から血の気が失せ、握りしめた拳が震えた。

音の発信源は間違いなくとなりの部屋からで、想像したくもない光景がいやでも頭に浮かぶ。

（嘘よ、そんなことって……）

絶頂を迎えてから神経はいまだに眠っており、幻聴を来《きた》しただけなのだ。

気を取りなおし、直人の部屋に向かおうとした刹那《せつな》、今度は女の喘ぎ声が微かに聞こえ、真理亜は心臓を凍らせた。

(聞き違いじゃ……ないわ)

不安と動揺から右往左往すれば、窓のカーテンが目に入る。

(そうだわ。ベランダは、となりの部屋に繋がってるんだ)

少女はバスタオル姿のままパジャマの上着だけを羽織り、窓際に歩み寄った。カーテンを開け、内鍵を外し、音を立てずに窓を開く。そして深呼吸したあと、ベランダ方向に首だけ出して様子をうかがった。

(聞こえる……聞こえるわ)

濁音混じりの水音が聞こえ、足がわなわな震える。

見ないほうがいいとはわかっていても、確かめずにはいられない。ベランダに出た真理亜は背を丸め、となりの部屋に恐るおそる近づいていった。

カーテンはしっかり閉じられておらず、よく見ると、二センチほどの隙間がある。

真理亜は胸に手を添え、勇気を出して目を寄せていった。

(……あっ!?)

Tシャツを脱ぎ捨てる直人の姿が視界に入り、ショックに息を呑む。

彼はすでに下腹部を剝きだしにさせており、床に跪《ひざまず》いた美優が惚けた表情で股間から突きでたペニスを舐めしゃぶっていた。

衝撃的な光景に身が硬直し、思考がストップする。真理亜は瞬きもせずに、二人の痴態を凝視した。

「む、むふっ」

美優は隆々と反り勃つ男根を深く咥えこみ、軽く噎《む》せたあと、奉仕をやめることなく懸命なおしゃぶりを繰り返す。

（……信じられない）

中学一年の少女が見せる痴戯に、開いた口が塞がらない。

いったい、いつから関係を結んでいたのだろう。ショッキングな事実に、胸の奥がズキンと痛んだ。

くぽっ、くちゅ、じゅぷっ、じゅぷっ、じゅるるるっ！

淫猥な吸茎音が耳にまとわりつき、次第に性感が息を吹き返す。

直人は美優の頭に手を添え、すっかりいきり勃ったペニスを口から抜き取った。

「……あンっ」

「ふっ、いやらしい女の子だな。いきなりチ×ポを咥えこむなんて……立て」

「は、はい」

彼女が腰を上げた瞬間、黒い奇妙なショーツが目に入る。

（な、何……あのパンツ？）

T字形の下着など所持しているはずがなく、しかもフロントの中心部には小さな錠がはめられている。

怪訝な表情をするなか、直人は手にしていた鍵で南京錠を外した。

「さあ、パンツを脱げ」

美優はよほど待ちきれないのか、忙しなくショーツを取り外し、股ぐらとクロッチのあいだでねっとりした愛液が透明な糸を引く。

（や、やだっ！）

膣口から突きでた円形の筒は、アダルトグッズではないか。

紛れもなく、彼女はバイブレーターを膣内に挿入していたのだ。

「こんなに濡らしおって。なんて、スケベな女の子なんだ」

「はあはあ、取って……ください」

「ふふっ、それじゃ、ベッドに寝て足を目いっぱい拡げろ」

美優は顔を真っ赤にし、ベッドに仰向けに寝転んでから大股を開いた。

直人が前屈みの体勢から手を伸ばし、グッズを膣からゆっくり引き抜いていく。

「はっ、はっ、やっ、やっ」

「ほうら、もうすぐ取れるぞ」

淫液にまみれた極太のディルドウが低いモーター音を響かせながら姿を現すと、しなやかな肢体が早くも痙攣を開始した。

「あっ、あっ、も、もうイッちゃいそうです！」

「だめだ、我慢しろ」

妹はすでにバージンではなく、しかもすでに絶頂まで経験している。

あまりの衝撃に惚けた直後、ふしだらな回転を繰り返すバイブが引き抜かれ、同時に美優が金切り声で我慢の限界を訴えた。

「ああっ、挿れて！　挿れてくださいっ!!」

「何を、どこに挿れるんだ？」

「おチ×チンを、おマ×コに挿れてくださいっ！」

純真無垢だった少女が快感に唇をたわめ、性器の俗称を恥じらいもなく告げたのである。足元がぐらつくほどの出来事に愕然とする一方、体温が急上昇し、女の園がムズムズした。

すんでのところでお預けを食らい、真理亜の淫情も爆発寸前まで張りつめている状態なのだ。

直人が腰を突きだし、強靭な芯の入った裏茎を誇らしげに見せつける。

（ああ、やだ……コーチ、やめて）

本来なら、あのペニスは自分の中に入っていたはずなのに……。

物悲しさと嫉妬に駆られるも、女芯のひりつきはいっこうに収まらない。

「ようし、挿れてやるぞ」

直人がベッドに這いのぼり、亀頭の先端を秘割れにあてがうと、真理亜もバスタオルの下に手を伸ばした。

指を軽く往復させただけで、股の付け根からくちゅくちゅと淫らな音が響きたつ。

（う、ふぅン）

峻烈《しゅんれつ》な快美が身を貫き、すぐさま頂点に達してしまいそうだった。

逞しい男根がいたいけな肉唇を割り開き、膣の中にゆっくり埋めこまれていく。

美優が目を見開き、自身の股間に期待に満ちた眼差しを注ぐ。

「あ、あ、あ……」

怒張が根元まで埋めこまれると、彼女は顎をクンと突きあげ、唇の隙間から色っぽい吐息をこぼした。

「あ、はぁぁンっ、い、いい、気持ちいい」

「ふふっ、そんなにいいのか？」

直人が薄ら笑いを浮かべ、雄々しい律動を開始する。臀部の筋肉にえくぼを作り、剛槍が猛烈な勢いで膣への抜き差しを繰り返す。

（ああ、ああ……いやぁぁっ）

真理亜は妹が受けるであろう快感に気持ちをシンクロさせ、指の動きを徐々に速めていった。

6

（ふふっ、やはり覗いてるな）

腰のスライドを繰り返しながら、直人は横目で真理亜の様子をうかがった。

彼女の性感は、すでに極限まで高めてある。

妹と関係を結んでいた事実はそれなりのショックを与えただろうが、今は欲情のほうが勝っているはずだ。それが証拠に、真理亜はその場から一歩も動かず、室内の光景を食い入るように見つめていた。

「あぁンっ、コーチ、すごい、すごいですぅっ」

「そうか、もっと気持ちよくさせてやるぞ！」

「ひぃンっ！」

聞こえよがしに大きな声で告げ、臀部をグリンと回転させてから怒濤のピストンで膣肉を抉りたてる。

「いい、気持ちいいっ、イッちゃう、イッちゃうよぉ」

媚薬をたっぷり塗りつけたバイブレーターは、凄まじい肉悦を吹きこんだらしい。

童顔の少女はよがり泣き、肌に汗の皮膜をうっすらまとわせる。

すでに軽いアクメには何度も達しているのか、小振りなヒップをひくつかせては恥骨を揺すった。

「コーチ！」

「ん、なんだ」

「あたし、イクっ、イッちゃいます！」

「もうイッちゃうのか！　挿れたばかりなのに」

「だ、たって、ひンっ!?」

マシンガンピストンを繰りだせば、美優は身をアーチ状に反らし、ヒップをシーツから浮かせる。

直人は腰を抱えあげ、スパンスパーンと渾身の律動で子宮口を打ちつけていった。

「いひっ、イッちゃう、イッちゃう！」

少女が顔を苦悶に歪め、シーツをギューッと引き絞る。

「イクっ、イクっ……あ、ふうっ」

エクスタシー寸前、膣から男根を抜き取れば、美優は空腰を振り、ベッドの上でのたうちまわった。

「あ、あ、あぁ……」

虚ろな目、桜色に染まった頬は、絶頂感覚を半分ほど味わったといったところか。

満足げに頷いた直人はベッドから下り立ち、大股で窓に近づくや、カーテンをためらうことなく開いた。

真理亜の目も焦点が合っておらず、股ぐらに手を忍ばせている。媚びた眼差しは、堕淫の世界にどっぷり浸っているとしか思えない。

内鍵を外し、窓を開けた直人は、細い手首を摑んで室内に引っ張りこんだ。

「……あ」

「そんな格好で覗いてたら、風邪を引いてしまうだろ」

パジャマの上着が床に落ち、バスタオルの結び目がはらりとほどける。

真理亜は全裸になっても、プライベートゾーンを隠そうともせず、快楽に酔いしれる美優を裏寂しげに見つめた。

姉妹のあられもない対面にほくそ笑み、倒錯的な状況に怒張がいななく。

「……美優」

「お、お姉ちゃん……気持ちいいよぉ」

「あ、やっ」

背後から乳房を揉みしだき、熟化した秘所に手を伸ばせば、真理亜は腰をよじって拒絶する。

かわいい妹の媚態を目の当たりにし、姉としての自覚を取り戻したのかもしれない。

それでも指先が若芽を捉えると、瞬く間に身体から力が抜け落ちた。

「あ、あっ、はああっ」

「なんだ、もうグチョグチョじゃないか。窓の外で、いったい何をしてたんだ?」

耳元で問いかけ、コリコリした肉粒を上下左右にこねまわす。

外気に触れていたにもかかわらず、全身は火の玉のように熱く、美少女は内股の姿勢からやたら艶っぽい喘ぎ声を放った。

「あ、くふぅっ」

「あンっ、コーチ、あたしにも、あたしにもしてください！」

美優はもうまともな理性が働かないのか、淫蕩な顔つきでおねだりし、真理亜は驚きから額《ひたい》に脂汗を滲ませた。

「美優、そんなにほしいのか？」

「ほしい、ほしいです」

「それじゃ、お姉ちゃんを気持ちよくさせてやれ。イカせることができたら、チ×ポをぶちこんでやるぞ」

掟破りの交換条件を提示し、真理亜の足を背後から抱えあげる。そしてそのまま左右に拡げ、恥ずかしい箇所を剝きだしにさせた。

「きゃっ！」

姉が目を剝いてたじろぐなか、ベッドに這いのぼり、腰を下ろしてM字開脚を固定させる。

美優はむっくり起きあがり、好奇の眼差しを真理亜の秘園に向けた。

「お姉ちゃんのおマ×コ……すごい。もうとろとろになってるよ」

「ほら、もっと足を拡げて」

足を閉じさせぬよう、膝に添えた手に力を込めれば、美優が四つん這いの体勢から手を伸ばす。

「や、やめなさい……あぁンっ」

細い指先が女陰を掻きくじり、くちゅくちゅと卑猥な肉擦れ音が響き渡る。

「愛液が、どんどん溢れてくるよ。お豆も、こんなに大きくなっちゃって」

妹はそう言いながら顔を寄せ、今度は舌で快美を吹きこんでいった。

「あ、こら、やめなさい、やめて……やぁぁンっ」

ぴちゃぴちゃと猫がミルクを舐めるような音が聞こえ、真理亜が上体を大きく仰け反らせる。

「コ、コーチ……や、やめさせてください」

「何を言っとる。感じまくってるくせに」

乳房の麓からたぷたぷと揺らし、指先で乳頭をギューッとつねりあげる。

性感ポイントの二点攻めに姉は狂乱の歌声をあげ、身を派手に打ち揺すった。

「や、はぁぁぁっ」

白い肌の上を、汗の雫が流れ落ちる。首筋からフェロモンがムンムン放たれ、恥部からふしだらな発情臭が立ちのぼる。

「美優、姉さんを早くイカせてやれ！」

真理亜が身をわななかせると、絶頂間近を察したのか、美優は唇を窄めて愛液を啜《すす》りあげた。

じゅるじゅる、じゅぱっ、じゅぱっ、じゅぷぷぷぷっ！

「ン、はぁぁあぁっ」

肉悦の虜と化した妹は直人の傀儡《かいらい》として動いてくれ、高らかな猥音と嬌声が室内に反響する。

十日前はバージンだった少女が今や性感ポイントを知り尽くし、手と口で姉に多大な快楽を吹きこんでいるのだ。

「ンっ、ふうっ」

直人はさらに真理亜の唇を奪い、丸々とした乳丘を手のひらで丹念にこねた。

大きな快感に見舞われているのか、おぞましい状況におののいているのか。総身が粟《あわ》立ち、足の爪先が内側に湾曲する。

熱い吐息が口中に吹きこまれるたびに、デリケートゾーンから洩れ聞こえる音も高みを帯びていく。

媚薬入りのアロマの効果が、いまだに性感覚を鋭敏にさせているのかもしれない。

やがて清廉な姉は、好奇心旺盛な妹の手によって頂点に導かれていった。

肌の表面がひくつきはじめ、両の手がシーツを掻きむしる。目元がねっとり紅潮し、胸の膨らみが大きく波打つ。

「ンっ、ンっ、ンぅぅっ」

唇をほどいた瞬間、真理亜は眉間に縦皺を刻み、身をキューッと縮ませた。

「くっ、イクっ、イックぅぅっ」

姉の絶頂を悟ったのだろう、妹は顔を上げ、達成感に目を輝かせる。

「あぁンっ、お姉ちゃん、エッチな顔」

「よし、よくやったぞ」

「コーチ、約束です！」

「わかった、わかった」

直人は苦笑を洩らし、陶酔に身を委ねている真理亜のヒップを抱えあげてから寝そべった。

「コ、コーチ……何をするんですか？」

「真理亜をもう一度、口でイカせてやるんだ。お前は、俺のチ×ポを好きにしていいぞ」

「お姉ちゃんばかり気持ちよくさせて、ずるいです！」

「わがまま、言うな。これもトレーニングメニューのひとつなんだから。お前には個人メニューをちゃんと用意してるから、楽しみに待ってろ」

口を尖らせていた美優は現金にも口元をほころばせ、反り勃つ剛槍に熱い視線を注いだ。

「あン、お姉ちゃん、早くコーチの顔を跨《また》がって」

「あ、ふうっ」

真理亜はまだ快感に浸っているのか、虚ろな表情で上体を揺らす。

直人がヒップを無理やり顔面に載せると、美優は待ってましたとばかりに身を起こし、息せき切ってペニスの上を跨った。

「すごい……コチコチです」

「お前らを指導するために、俺だってがんばってるんだ」

「コーチ、ありがとうございます！」

快活な声で答えた美優はすかさずペニスを起こし、亀頭冠を肉唇の狭間にあてがう。

そして、鋼《はがね》の蛮刀を自ら膣の中に埋めこんでいった。

「あ、あ、あぁンっ」

こなれた媚肉が肉筒をまったり包みこむなか、姉の恥芯を唇と舌で這い嬲る。甘酸っぱい味覚が口中に広がり、口元があっという間に愛液まみれになる。

「あ、やっ、ンっ、はああっ」

ヒップが再びくねりはじめたところで、怒張を快美の稲妻が貫いた。

美優が腰を跳ねあげ、強烈なピストンでペニスを引き転がす。

「あぁンっ、いい、気持ちいい、おマ×コ、いいよぉっ！」

固定観念のない初心《うぶ》な少女は、短期間のあいだにさまざまな性技を吸収した。

感度も見違えるほど発達し、今は姉以上に性に対して貪欲《どんよく》な少女に成長したのだ。

よほど欲していたのか、美優はしょっぱなからのフルスロットルで恥骨を叩きつけた。

「あぁぁンっ、いい、おチ×チン、硬くて大きい！　イッちゃう、すぐにイッちゃうよぉ!!」

「む、むうっ！」

脳裏がバラ色の靄《もや》に覆われ、白濁の塊《かたまり》が深奥部で荒れ狂う。

峻烈《しゅんれつ》な昂奮の連続に、直人自身も我慢の限界はとうに超えているのだ。

美優のヒップが太腿をバチンバチンと打ち鳴らし、射精願望が瞬く間に臨界点を突破した。

（ぐ、ぐう……もうだめだ！）

まさに、暴発寸前。灼熱の溶岩流が出口を求めてうねった瞬間、美優の高らかな嬌声が響き渡った。

「やっ、やっ、イクっ、イッちゃう！　イクっ、イックぅぅっ!!」

妹は絶頂を訴えるや、恥骨を前後に振り、肉の振動が粘膜を通してビリビリ伝わる。

「ぐ、むう」

すんでのところで放出を耐え忍んだ直後、美優は真横に崩れ落ち、膣からペニスが抜け落ちた。

（はっ、なんとか踏ん張った。よし、最後は真理亜の中にたっぷり放出してやる）

直人は水蜜桃のようなヒップを浮かし、身をずりあげながら上体を起こすと、愛液にまみれたペニスを握りこんだ。

真理亜を四つん這いにさせ、膝立ちの体勢から肉刀の切っ先を濡れそぼつ秘割れにあてがう。

「ひ、ンっ！」

とろとろのとば口は充血の強ばりを何の抵抗もなく受けいれ、うねる媚粘膜が牡の肉を捕食するかのごとく手繰《たぐ》り寄せた。

「あ、あ、あ……」

男根が膣奥にズブズブと埋めこまれ、汗で濡れ光る臀丘がぷるんと揺れる。

美優は至高のエクスタシーに達したのか、惚けた表情で四肢を痙攣させていた。

「待ち焦がれていたチ×ポだ。いやというほどイカせてやるぞ！」

気合を込め、猛々しいピストンで媚肉を掘り返す。スライドのたびに膣襞が肉幹に絡みつき、快感がたゆみない上昇カーブを描く。

「あっ、やっ、ひっ、くっ、ンっ、ふわぁぁっ！」

焦らしのテクニックが功を奏したのか、感度も反応もこれまでとは比較にならない。

結合部から放たれる熱臭にいざなわれ、二人は同時に桃源郷に向かって旅立った。

「あ、やっ、イクっ、イッちゃう」

「む、むむっ、俺もイクっ、中に出すぞっ！」

「はあぁっ、出して、たくさん出してください!!」

膣内射精を居丈高《いたけだか》に宣言し、目にも止まらぬ速さで腰をシェイクする。大きなストローク幅で、狭隘《きょうあい》な肉洞を縦横無尽に突きまくる。

頑健な肉根で子宮口をガンガンつつくと、真理亜は背を反らし、空気を切り裂くような絶叫を轟かせた。

「あぁあぁあっ！　イクっ、イックぅぅっ!!」

「ぐ、くっ、ぬおおおっ！」

熱い噴流が体外に排出され、目の前が虹色の光に包まれる。ザーメンを一滴残らず搾り取るかのごとく、膣内粘膜が絶え間ない収縮を繰り返す。

これまで経験したことのない極上の放出感に、直人は恍惚の表情から意識を遠くに飛ばしていった。

第六章　アクメに震える氷上のプリンセス

1

「う、うぅンっ」

どれほど、気を失っていたのか。

目をうっすら開けた真理亜は、傍らで眠る美優に気怠《けだる》げな眼差《まなざ》しを向けた。

身体に力が入らず、頭を起こすことさえままならない。

昨日は朝方まで快楽を貪《むさぼ》りつづけ、昼過ぎまで泥のように眠ってしまった。

食事を済ませたあとは、美優とともに直人とまたもや淫らな行為に耽《ふけ》り、何度も絶頂への扉を開け放った。

精も根も尽き果てたのか、どうやらそのまま失神状態に陥っていたようだ。

(ここ……コーチの部屋だわ)

彼の姿はどこにも見当たらず、窓の外を見やれば、すっかり闇に包まれている。

二泊三日の合宿は明日で終了するのに、まともな練習は皆無に等しかった。

こんなことをしていて、いいのだろうか。

疑問が頭を掠《かす》めるも、今は何も考えたくなかった。

美優の前ではしたない姿を晒してしまった後悔が押し寄せ、言葉にならぬ悲しみが込みあげる。

直人と関係を結んでいたとは露知らず、ショックは癒えぬままだったが、今の自分は荒波に揉まれた小舟のように何もできない。

果たして、美優を巻きこんだ性的な指導はこれからも続くのだろうか。

深い溜め息をついた瞬間、ドアが開き、さっぱりした表情の直人が腰にバスタオルを巻きつけた格好で姿を現した。

「おっ、ようやく起きたか？ よく寝てたな」

「今、何時ですか？」

「十時過ぎだ。腹は減ってないか？」

「……ちょっとだけ」

「とりあえず、シャワーを浴びて、すっきりしたらどうだ？　これから、練習に出るからな」

「え、今からですか？」

「そうだよ。リンクで、実践練習だ」

この時間から、大学のスケートリンクを使用できるのだろうか。疑念は抱いたものの、それ以上の思考は働かない。

「飯は、途中で食っていこう。スタミナは、ちゃんとつけておかんとな」

直人はこちらの気持ちなどおかまいなく美優のもとに歩み寄り、肩を揺らして無理やり起こした。

「う、うぅンっ……あ、コーチ……ここは……どこですか？」

「何を寝ぼけてるんだ。これから練習だ、汗を流して出かける用意をしろ」

事態が把握できないのか、妹は寝ぼけ眼《まなこ》であたりをキョロキョロ見まわす。

「あ……お姉ちゃん」

いまだに神経が眠っているのか、彼女はあっけらかんとした顔で呟《つぶや》き、真理亜は視線から逃れるようにベッドから下り立った。

股関節がガクガクし、膝にも力が入らない。派手によろめいた直後、直人に支えられてハッとする。

逞しい胸と腕にドキリとし、いやというほど抱かれたのに、子宮の奥がまたもやひりついた。

「大丈夫か？　このあとは、合宿の総仕上げの特訓が待ってるんだ。しっかりしてくれよ」

「は、はい……すみません」

全裸にもかかわらず、なぜか恥ずかしいという気持ちはまったくない。

真理亜は浅黒い手をほどき、早足に直人の部屋を出ていった。

2

（お姉ちゃん……怒ってるのかな？）

国道沿いのドライブインで食事を済ませた美優は、直人が会計を済ませるあいだ、真理亜とともに駐車場に停めた車に向かった。

時刻は午後十一時半を過ぎており、こんなに遅い夕食をとったのは初めてのことだ。

先立って歩く姉を、不安げな顔で見つめる。

直人と関係を結んでいた事実を、彼女は唐突なかたちで知ることになり、美優にとっても想定外の展開だった。

享楽の世界にどっぷり浸っていたため、現実感がまったく湧かなかったが、コーチの寵愛《ちょうあい》を姉妹揃って受けいれてしまったのは事実である。

憤怒《ふんぬ》していたとしても不思議ではなく、さすがに気分が沈んでしまう。

「お姉ちゃん……ごめんね」

小声で謝罪すれば、真理亜は車の前で足を止め、振り返りざま問いかけた。

「いつから……特別指導を受けてたの？」

「先週の水曜日。早朝練習のお姉ちゃんとコーチの姿を見ちゃって……」

「み、見たの⁉」

「うん……その前の日に」

「やだ、恥ずかしいじゃない！」

「……ごめんなさい」

「まだ子供のくせに！」

「……うん」

「こんな重要なこと、黙ってるなんて！」

「うん……ごめん……最初は、やめてくれるよう、コーチにお願いしに行ったの。でも、お姉ちゃんに負けたくないと思っちゃって。だって……どこに行っても、お姉ちゃんのほうが目立つし、きれいだって褒められるし、スケートだって……敵《かな》わないんだもん」

本音を打ち明けたとたん、感情を抑えられずに涙がぽろぽろ溢れる。しばし間を置いたあと、真理亜は小さな溜め息をついた。

「もういいわ。コーチは……私たちのことを思って、してることなんだから」

直人の姉への行為はあくまで指導、愛情に裏づけられた自分のケースとは根本的に違う。この事実だけは、絶対に告げるわけにはいかない。

「だから、泣かないで」

「……うん」

手のひらで涙を拭《ぬぐ》った美優は、かねてから抱いていた疑問をぶつけた。

「景浦さんとは、別れたんでしょ？」

「うん……あいつ、ひどいんだから」

「コーチから聞いた」

「そ、そう」

「クラブの女の子に、二股かけてたんでしょ？」

真理亜は何も答えず、口を真一文字に結ぶ。だまされたと思っているのか、それともまだ未練があるのか。

交際の経緯を聞いていただけに、景浦への想いを断ち切れているのか心配だった。

「お姉ちゃん、大丈夫？」

「何が？」

「景浦さんとのこと」

「そりゃ……モヤモヤはしたけど、今はなんとも思ってないわ。だって、連絡もしてこないんだもの。最初から、その程度の気持ちしかなかったということでしょ？」

「……うん」

本来ならホッとするはずなのに、チクリとした胸の痛みはどうしたことか。

心配というより、本音は姉が直人に対して恋愛感情を抱くことを怖れているのかもしれない。

景浦と深い仲になっていたとしたら、よりを戻す可能性もあるのではないか。さもしい考えに自己嫌悪したものの、美優はどうしても聞かずにはいられなかった。

「景浦さんとは……エッチしたの？」

「こら、するわけないでしょ！」

甘く睨みつけられ、肩を竦《すく》めたところで、直人が小走りでやってくる。

「すまん、待たせたな。さあ、行くぞ」

「あの、コーチ……どこに行くんですか？」

真理亜が問いかけると、彼は意味深な笑みを浮かべてから答えた。

「お前らが、よく知ってるところだ」

「……え？」

「まあ、楽しみにしてろ。すぐにわかることなんだから。さ、早く乗れ」

どうやら、姉と景浦は完全に切れたと考えるしかないようだ。

（私にもお姉ちゃんぐらいの魅力があれば、こんなに悩むことなんてないのに……まあ、いいわ。私には私のいいところがあるんだから！）

持ち前のポジティブシンキングで気持ちを切り替え、率先して車に乗りこむ。

直人ははっきりと、姉よりも好きだと言ってくれた。今は、彼の言葉を信じるしかないのだ。

車が発進し、国道沿いを十分ほど走った頃、真理亜が怪訝《けげん》な表情で口を開いた。

「あ、この道って……」

「お姉ちゃん、どうしたの？」

「ふふっ、気づいたかな？　そう、行きに通った道を逆戻りしてるんだ」

「ど、どういうことですか？」

「行き先は、明王スケート場だよ。お前たちにとっても、あそこがいちばん落ち着くんじゃないか？」

「そこで……練習するんですか？」

「この時間なら、誰もいないからな。練習に集中できるだろ？」

三十分も経たないうちに見慣れた風景が目に入り、地元に帰ってきたのだといやでも実感する。

（コテージには戻らないんだわ……それで、荷物を全部持って出ろって言ったのね）

ドライブインに到着するまで、美優と真理亜は車内で熟睡していた。コテージの鍵は、そのときに管理事務所へ返したのだろう。

あと数分で迎える合宿最終日は、どんな特別指導が待ち受けているのか。

姉とのわだかまりもいくらか和らぎ、今は不安よりも期待のほうが大きい。淫らな妄想ばかりが頭を掠め、早くも心臓がドキドキした。

やがて明王スケート場が視界に入り、身体の芯が熱く火照りだす。

直人がハンドルを切り、車を駐車場に乗り入れると、美優は何気なくスマホの時刻表示を確認した。

午前零時半。あたりはしんと静まり返り、人影はいっさい見られない。

「さあ、着いたぞ」

彼がバッグを手に車から降り、先立って関係者出入り口に向かうなか、美優と真理亜も小走りであとに続いた。

「お姉ちゃん、どんな練習をするのかな?」

「……知らないわ」

真理亜が目元を染めながら答え、胸の高鳴りがいちだんと増す。おそらく、淫らな指導は再び姉と受けることになるのではないか。

忘れかけていた羞恥心がぶり返し、さすがに気まずい雰囲気を振り払えない。

「……入れ」

直人は裏口のドアを鍵で開け、照明をつけてから館内に促《うなが》した。

慣れ親しんだスケート場なのに、薄暗い廊下がやけに不気味に見える。

「あ、それと、この衣装に着替えてきてくれ」

「……え」

バッグの中から取りだしたふたつの紙袋を渡され、真理亜と顔を見合わせて眉をひそめる。

「さ、早く着替えてこい。他にもグッズが入ってるが、ちゃんと装着してくるんだぞ。俺は、リンクで待ってるからな」

よほど破廉恥なものが入っているのか、直人の股間はすでに前方に突きでていた。

緊張に身を引きしめる一方、女芯が甘く疼きだし、意識せずとも唇のあわいから湿った吐息がこぼれる。

「わ、わかりました……お姉ちゃん、行こう」

「……うん」

美優は掠れた声で答えると、困惑げな顔をする真理亜とともに更衣室へ向かった。

3

（いよいよ、最終仕上げか……二人とは、これでお別れになるんだ）

この六年間、喜びや悲しみを共にした出来事が走馬燈のように甦《よみがえ》り、柄にもなく感傷的になってしまう。

オーナーへの復讐にかわいい教え子を利用するとは、あまりにも浅はかな考えではなかったのか。後悔の念がないではなかったが、淫行に手を染めてしまった以上、もはや後戻りすることはできない。

(これだけの悪事をしておいて、反省も何もないもんだ)

それにしても、彼女らは告発もせずによくぞここまでついてきてくれた。悪い言い方をすれば、世間知らずなのだろうが、二人はそれだけ自分を信頼してくれたのだ。

(最後にドカンと……大きな花火を打ちあげてやるさ)

未練を断ち切ったところで、美人姉妹が通路から姿を現す。

彼女らの顔は真っ赤に染まり、踏みだす足がぷるぷる震えていた。

ネットのアダルトサイトで購入した衣装はフリルの丈が異様に短く、まるで超ミニのスカートを穿いているように見える。

股布の中心は円形にくり抜いており、真理亜と美優はそれぞれ極太の双頭バイブを膣の中に埋めこんでいた。

ディルドウの中央に括られた細いバンドは腰の後ろで留める仕様のため、バイブが膣口から抜け落ちる心配はない。

足を前に出すたびに、バイブが膣壁を抉るのだろう。瞳はすでに潤み、熱い吐息がはっきり聞こえた。

「おし！　スケート靴を穿いて、リンクに入れ。これから始める特訓は、俺がつきっきりで指導してやるからな。まずは、真理亜からだ」

「あ、あの……」

清廉な姉が股間のバイブを手で隠し、恥ずかしげに目を伏せる。

「なんだ？」

「こ、この恰好で……すべるんですか？」

「そうだ」

「あ、足に力が入らないんですけど……」

「だから、俺がアシストすると言ってるだろ。早くしろ」

姉妹はベンチに腰かけ、スケート靴を履こうとするも、それだけの動作で口元を歪める。

（ふふっ、まだまだ……お楽しみはこれからだぞ）

直人は腰に手を当て、真理亜の準備が整うのを待ち受けた。

欲望の証《あかし》は臨戦態勢を整え、穿き替えたレギンスの中心がもっこりする。

二人を官能の世界に導き、この世のものとは思えぬ悦楽を植えつけるのだ。

ベンチから立ちあがった姉がふらふら歩み寄ると、直人は手を差しのべ、リンク内に招き入れた。

「俺が、後ろから押さえてやるからな」

「あ、やっ」

ほそやかな腕を両手で支えつつ、ヒップに股間の膨らみを押しつける。そのままゆっくりすべりだせば、肉づきのいい太腿がぷるんと揺れた。

「どうした？　腰も膝も曲がってるじゃないか。ちゃんと、真っすぐ立て」

「だって、恥ずかしくて……こ、こんな練習、何の役に立つんですか？」

「お前は、プレッシャーに弱いだろ。これは、イメージトレーニングだ。この恰好のまま、衆人環視の中で演技してると思えば、自然と度胸がつくというものだ」

無茶苦茶な論理を振りかざし、膣から突きでたバイブを握りしめる。そして、力を込めて肌色の胴体をしごきあげた。

「あっ……やぁぁぁっ！」

美優のいる場所からいちばん近いリンクの出口で足の動きを止め、わざとらしく見せつけながら一心不乱にディルドウをこすりあげる。

双頭バイブの中心には細いチューブが埋めこまれており、胴体を引き絞れば、膣内の愛液をポンプのように吸いあげることができるのだ。

「あぁン、コーチ！　だめぇっ、だめです！」

抽送の振動が肉洞に伝わり、多大な快感を与えるのだろう。真理亜は内股の体勢から腰をくねらせ、高らかな嬌声を張りあげた。

美優はしばし呆然としていたが、なまめかしい声音に触発されたのか、大股を開いてディルドウを握りこむ。

見よう見まねで指をスライドさせ、瞬時にして目をとろんとさせた。

「だめなことは、ないだろ。ほら、バイブの先端を見てみろ」

頭頂部の中心に開いた小さな穴から、とろみの強い淫液がじわりと滲みだす。

「なんだ、この汁は？」

「はあっ、いやっ、いやぁぁっ」

真理亜は股間をチラリと見やったあと、苦悶の表情で顔を背けた。

「ちゃんと見ろ！　そんなことじゃ、いつまで経っても度胸はつかないぞっ‼」

「……あぁ」

強い口調で命令すると、姉は虚《うつ》ろな目を再びディルドウの先端に向ける。かまわず怒張をヒップにグイグイ押しつければ、うなじから濃厚なフェロモンがふわんと漂う。

目つきを鋭くさせた直人は、ベンチで自慰行為に耽る妹に呼びかけた。

「おい、美優、手伝ってくれ！」

「は……は、はい」

美優は舌先で唇をなぞりあげ、ためらうことなくベンチから腰を上げる。

（いよいよ、破廉恥指導の集大成だ！）

全身の血を沸騰させた直人は、早くも性感を極限まで昂《たかぶ》らせた。

4

「あ、やっ、ン、はぁあっ」

バイブレーターをしごかれるたびに、膣の中のディルドウが子宮口をつつき、媚肉を抉りたてる。

踏ん張りがきかず、油断したとたん、すぐにでも絶頂への扉を開け放ってしまいそうだった。

目の前がボーッと霞《かすみ》みだすも、美優の姿が視界に入り、気を取りなおす。

彼女の性感も頂点に達しているのか、顔を耳たぶまで真っ赤に染め、よたよたとリンクに歩み寄った。

「よし、姉さんのバイブをしごいてやれ」

「あ、あ……」

背後からとんでもない指示が飛び、みるみる総毛立った。

肉悦にどっぷり浸っているのか、妹の目は焦点がまったく合っていない。

「ちょっ……くうっ」

拒絶の言葉を告げようとした刹那、直人の手は乳房に移り、乳丘をゆったり揉みしだいた。

「い、いやンっ……ふうっ」

強引にキスをされ、さらには乳頭を指先でつねられ、快感の稲妻が脳天を貫く。

美優はリンク手前の通路に跪《ひざまず》き、バイブレーターを両手で握りこんだ。

「あっ、こら、やめなさい！」

慌てて唇をほどいて咎《とが》めるも、彼女は意に介さずにディルドウをしごきたてた。

「やっ、やっ、私の言うことが聞けないの⁉」

「だって……コーチの命令だもん」

「バカーっ！」

悪態をついた直後、凄まじい振動がバイブ越しに伝わり、色とりどりの閃光が脳裏で瞬いた。

「お姉ちゃんのここ、いやらしい匂いがぷんぷんしてる！」

「もっとだ、もっとしごいてやれ！」

「やっ、はっ、だめっ、ンっ、あ、ふぅぅっ！」

「きゃンっ！」

「ああっ⁉」

ディルドウの先端から愛液がびゅるんと迸《ほとばし》り、美優の胸元を打ちつける。

「よく見るんだ。いやらしい液がたくさん出てるぞっ！」

淫液はとどまることを知らずに噴出しつづけ、真理亜は絶頂への螺旋《らせん》階段を一気に駆けのぼった。

「あ、イクっ、イクっ、イッちゃうぅぅっ‼」

膝から崩れ落ちると同時に美優が腰を上げ、直人に抱きついていく。

「コーチ！　あたしにも、あたしにもしてくださいっ！」

「しょうがない奴だな」

通路側に倒れこんだ真理亜は、陶酔のうねりに身を委ねながら二人の姿をぼんやり見つめた。

直人は身を華麗に回転させたあと、美優を背後から抱きかかえ、いかがわしいバイブの胴体をゴシゴシしごきあげる。

「あンっ！　やンっ！　やぁあぁぁっ!!」

「や、じゃないだろ。こんなに腰をくねらせて。悪い子だ」

「ひっ、ンっ、はぁぁあぁっ、いい、気持ちいいっ！」

妹は顔をくしゃりと歪め、エンストした車さながら腰をわななかせる。

「はっ、はっ、はっ、やっ、イクっ、イッちゃう！」

「もうイクのか!?　姉さんより、全然早いじゃないか!?」

「だって、だって……あ、ひぃやぁあぁぁっ！」

太い指がディルドウをギュッギュッと絞った瞬間、透明な粘液が先端の穴から勢いよく噴きだした。

「あ……ンっ」

今度は真理亜の頰や首筋に跳ね飛び、いやらしい牝臭が鼻腔にへばりつく。

「イクイクっ、イックぅうン！」

性感が極みに達していたのか、美優はあっという間にエクスタシーを迎え、黒目をひっくり返して項垂《うなだ》れた。

「さあ、外に出るんだ。真理亜、立てるか？」

「あ、あぁ」

頭の中が霞がかり、今は言葉すら発することができない。

「美優、しっかりしろ。ほら、手すりにつかまって」

直人は美優をリンクの外に連れだし、自身のスケート靴を脱ぎ捨てるや、大きな手で真理亜の手首を摑んだ。

「ほら、立って。お前も手すりを両手で摑むんだ」

「は、はい」

美優の真横の手すりに寄りかかれば、腰の裏側の留め金が外され、双頭バイブが膣から引き抜かれた。

「あ、あ、あ……」

「すごいぞ、バイブが愛液まみれだ」

「……やぁぁあっ」

妖しく濡れ光るディルドウが床にボトリと落ち、再び快感の高波が押し寄せる。

軽いアクメに達したところで、直人は美優のバイブも膣から抜き取り、酸味の強い淫臭があたり一面に立ちこめた。

「こんなに濡らして。なんてスケベな姉妹なんだ。さあ、二人とも手すりを摑んだままケツを突きだせ」

「……え？」

「後ろ向きで尻を迫《せ》りだすんだよ」

直人はそう言いながら股間のチャックを引き下ろし、中から赤黒い怒棒を引っ張りだした。

栗の実にも似た亀頭、真横に張りだした雁首、そしてミミズをのたくらせたような静脈。

青龍刀のごとくしなる逸物を目の当たりにした刹那、子宮の奥が甘くひりついた。

逞しい男根を受けいれたい。至高の快楽を、思う存分味わいたい。

牝の本能が揺り動かされた直後、美優がすばやく前屈みの体勢からヒップを突きだしたため、真理亜は完全に後《おく》れをとった。

「あぁン……コーチ、早く、早く」

「よし、美優からだ！」

パンパンに膨れあがったペニスが太腿の狭間に潜りこみ、愛くるしい顔が快楽にたわむ。

「あ、あ、あ……」

にちゅちゅちゅという肉擦れ音のあと、ヒップのあいだから姿を現した怒張は愛液がべったり付着していた。

直人は歯を剝きだし、しょっぱなから怒濤の腰振りでペニスの抜き差しを繰り返す。

バチンバチーンと、恥骨がヒップを叩く音が場内に反響した。

美優が眉間に皺を刻み、大口を開けて咆哮《ほうこう》した。

「ひ、ひぃやぁあぁっ、すごい、すごいぃぃっ！」

「まだまだ、こんなもんじゃ済まないぞっ！」

スライドの回転率が目に見えて増し、しなやかな肉体が前後に激しくぶれる。

「硬い、大きい、またイッちゃう！」

妹の悩乱姿を羨み、理屈抜きで大きな快感を欲《ほっ》してしまう。真理亜は今、恥も外聞もなく本音を喉の奥から絞りだした。

「ああ、コ、コーチ、私にも……」

「なんだ、声が小さくて聞こえないぞ」

「わ、私にも……私にも挿れてください」

「何を、どこに挿れるんだ？」

破廉恥な言葉を、どうしても言わせたいのだろう。直人が横目で見つめ、不敵な笑みを浮かべる。

「ああ、ああ……」

内腿をすり合わせた美少女は、裏返った声でおねだりした。

「おマ×コに、おチ×チンを挿れてくださいっ！」

「ようし！　よく言った！」

「あ……やンっ」

膣からペニスが引き抜かれ、気勢を削がれた美優が恨めしげな声をあげる。

「さあ、ご褒美をやるぞ」

双臀を鷲摑まれ、樽のごとく膨らんだ剛槍が陰唇を押し拡げると、下腹部が心地いい浮遊感に包まれた。

「ン、ひっ！」

亀頭が膣口をくぐり抜け、雄々しい棍棒が膣道を突き進む。先端が子宮口をガツンと小突き、続いて軽やかなスライドが繰りだされる。

意識が飛ぶほどの猛烈ピストンに膝が震え、感電にも似た甘い衝動に随喜の涙が溢れでた。

「ああ、いいっ、いいいっ！」

「あぁン……コーチ、あ、あたしにも」

「もう少し待ってろ！」

美優のおねだりをはねのけ、直人が肉の砲弾を途切れなく撃ちこむ。

腰に熱感が走り、全身の細胞が歓喜の渦に巻きこまれた。快楽の奔流に足を掬《すく》われ、愛欲の嵐が股間を中心に吹きすさんだ。

「はっ、やっ、激し、ンっ、はっ、イクっ、イッちゃう……あ、あぁぁっ！」

絶頂寸前、直人は抜群のタイミングでペニスを抜き取り、再び美優の膣の中に挿入する。

（あ、やぁぁっ！）

ゴールの見えない焦燥感に身を灼かれ、脳漿《のうしょう》が煮え滾《たぎ》った。意識せずともヒップがくねり、無言のおねだりでふしだらな特別指導を要求した。

美優がエクスタシーに近づくと、直人はまたもやペニスを引き抜き、真理亜の膣に宝冠部を突き刺す。

交互に快楽を与えるのはよほどの重労働なのか、彼の顔面は汗でどろどろだ。

「やあぁぁぁあ！　イクっ、イッちゃうぅぅ!!」

五往復したところで、美優はとうとうのぼりつめ、恍惚の表情で床に崩れ落ちた。

「はあはあ、ようし、最後はお前だ！」

「……あンっ」

路のついた膣道は巨根をすんなり受けいれ、奥に向かってじゅぷぷぷっと埋めこまれる。

「ぬ、おおおぉぉっ！」

「ひぃぃっ」

岸壁を打ちつける荒波のごとく、男根の先端が子宮口を何度もつついた。膣肉をこれでもかと掘り返され、悦びにうねる媚肉が逞しい逸物にむしゃぶりついた。

「真理亜、美優！　お前たちは厳しい特別指導をこなしたんだから、臆することは何もないぞ！　メダルを必ず取れる最高のフィギュアスケーターだ!!」

愛情たっぷりのエールが心にズシンと響き、熱い感動に包まれる。

「ああ、コーチ！　あたし、あたし、絶対にメダルを取ります！」

「その意気だ！　ずっと見守ってるからなっ‼」

「あ、ひぃぅぅぅぅっ！」

渾身の一撃が子宮口を貫いた瞬間、一条の光が身を駆け抜け、真理亜も官能の淵瀬《ふちせ》に沈んでいった。

膣からペニスが抜け落ち、床に膝をついて肉悦の余情に震える。

「俺もイクぞ、チ×ポをしゃぶれ！」

「はあぁぁっ、コーチ！」

美優がひと足先にむしゃぶりつき、真理亜は膝立ちの体勢から遅れて彼の太腿にしがみついた。

怒張を奪い取り、愛しいものを慈しむようにグッポグッポと舐めしゃぶる。

「ンっ、ンっ、ンっ！」

「あぁン、お姉ちゃん、あたしにも！」

ふたつの舌を男根に絡ませては唾液をまとわせ、陰嚢を舐め転がし、はたまた肉幹を手のひらでしごきたてる。

「む、むうっ！」

熱い脈動がはっきり伝わり、丸々とした亀頭が鬱血《うっけつ》するほど膨張した。

苦味やしょっぱさは、もう気にならない。オリンピックを目指し、姉妹ともども、これからも直人と二人三脚で歩んでいくのだ。

「ぐ、くっ、イクっ、イクぞぉぉっ！」

雁首を唇でこすりあげた瞬間、脈打つペニスが口から抜き取られる。

「ちゃんと、口で受けとめるんだぞ！」

「はい、コーチ」

真理亜と美優は同時に答え、餌を待つひな鳥のように口を開けて身構えた。

「む、むむ、イクっ、イックぅぅぅっ！」

白濁の溶岩流が尿道口から一直線に噴きだし、鼻筋から額を打ちつける。二発目は美優の口元にぶちまけられ、三発目は真理亜の口中に注ぎこまれた。

「は、ふぅぅンっ」

脳幹と腰椎が甘く痺れ、無意識のうちに唇をペニスに被せていく。

じゅっぱじゅっぱと淫靡な音を立てれば、またもや絶頂の波が打ち寄せた。

「あぁン、お姉ちゃん、あたしにも、あたしにもしゃぶらせて」

美優の言葉は耳に入らず、懸命に顔を打ち振れば、近い将来、金メダルを手にした自分と直人の抱き合う姿が瞼の裏に浮かぶ。
今の真理亜にとって、喉の奥に流しこむ牡の証は勝利の美酒としか思えなかった。

エピローグ

二年半の月日が流れ、直人はある地方の田舎町で運送業の仕事に就《つ》いていた。

フュギュアスケートに未練がないと言えば嘘になるが、教え子に快楽の限りを尽くした以上、同じ世界に戻るわけにはいかない。

明王スケートクラブの関係者の耳に入ったときのことを考えると、さすがに躊躇するしかなかった。

(あの二人、公《おおやけ》にはしなかったんだろうけど……)

二年前のあの日の出来事が鮮明に甦《よみがえ》る。

姉妹がシャワーを浴びているあいだに、直人はスケート場をこっそり抜けだして車で逃げた。

あとに残された真理亜や美優は、何を思ったろう。

コーチの解任と失踪はすぐさま知ることとなり、弄《もてあそ》ばれた事実はいやでも察したに違いない。

怒りに打ち震えたのか、それともショックに打ちのめされたのか。

（いや……両方だろうな）

直人は自嘲の笑みを浮かべると、自室の壁時計を見あげた。

落ち着きなくリモコンを手に取り、テレビの電源スイッチをオンにすれば、バラエティ番組に出演する真理亜と美優の姿が目に入る。

しばし懐かしげに見つめたあと、罪悪感から複雑な表情に変わった。

にこやかな二人の様子から、かつてのコーチに凌辱を受けた悲愴感は微塵も見られない。

その後、真理亜はオリンピックで銀メダルの栄冠を手にし、美優はジュニア選手権で優勝した。

マスコミは美人姉妹をこぞって取りあげ、彼女らを知らない日本人はいないほどの有名人になっている。

あとを継いだコーチの腕がよかったのか、それとも二人の精神力は自分が考えていた以上に強かったのか。

いずれにしても、姉妹を堕落させ、オーナーにひと泡吹かせる目論《もくろ》みは外れてしまったことになる。

今、直人の胸に去来するものは、虚しさと後悔ばかりだった。うまく立ちまわれば、コーチを辞めたあとも、美人姉妹と酒池肉林の関係を続けられたかもしれないのだ。

しなやかな肉体、瑞々《みずみず》しい肌の艶、発達した性感と男心を満足させる反応。思い返すたびに、逃した魚は大きかったと言わざるをえない。

二年半のあいだに、二人は女らしくなり、演技も見違えるほどうまくなった。技術点も美術点も国内では他の追随を許さず、そこはかとなく漂う色香が見る者の心を捉えた。

『今は別のクラブに移籍し、外国人のコーチに代わったんですよね？』

「……え？」

初耳だった。いまだに明王スケートクラブに所属し、倉橋の指導を受けていると思っていたのだが……。

身を乗りだして耳を傾けると、今はスケート王国として名高い県に住み、メダリストを何人も輩出したクラブに所属しているらしい。

『お二人ともますます今後が期待されますが、いちばん感謝してる人は誰でしょうか？』

早口の男性MCが問いかけると、真理亜と美優は顔を見合わせ、にっこり笑ってから答えた。

『両親と……それからコーチです』

『コーチというと……』

『私たちをスケートの世界に導いてくれた最初のコーチです』

心臓がバクンと大きな音を立て、目を見開いて画面を注視する。

『訳あって辞めてしまったんですが、技術的なことはもちろん、基本的なスケーティングを一から教えてくれた人で、本当に感謝してます』

『ときどき、お姉ちゃんと、いつか会いたいねと話してるんです』

あっけらかんと答える二人を目《ま》の当たりにし、身が小刻みに震える。

（嘘だろ……）

姉妹にとっての自分は、思いだしたくもない忌まわしい過去の記憶ではなかったのか。

『そのコーチとは、何年会ってないんですか？』

『二年半です。連絡も取れなくて……』

『えっ、じゃ、その人にはメダルを取ったことも報告してない？』

『してません。今は、どこに住んでるかもわからないんです』

『うちの番組で捜してみましょうか』

『ぜひ、お願いします！』

真理亜と美優が同時に答え、額から脂汗がだらだら流れる。

（じょ、冗談じゃない……いったい、何を考えてるんだ？）

面と向かって非難したいのか、過去の罪を盾に脅迫するつもりなのではないか。それとも……。

なんにしても、今さらおめおめと彼女らの前に姿を見せられるはずがない。

『そのコーチとは、よほど忘れられない思い出があるのかな？』

『……え？』

MCの質問に、二人はきょとんとしたあと、またもや顔を見合わせて意味深な笑みを浮かべた。あの日の出来事を思いだしているのだろうか、二人は頬を染め、瞬く間に目をしっとり潤ませる。

得体の知れない恐怖におののく一方、美人姉妹の悩ましげな表情を目にした瞬間、直人のペニスは条件反射のごとく体積を増していった。

◉新人作品大募集◉

マドンナメイト編集部では、意欲あふれる新人作品を常時募集しております。採用された作品は、本人通知のうえ当文庫より出版されることになります。

【応募要項】未発表作品に限る。四〇〇字詰原稿用紙換算で三〇〇枚以上四〇〇枚以内。必ず梗概をお書き添えのうえ、名前・住所・電話番号を明記してお送り下さい。なお、採否にかかわらず原稿は返却いたしません。また、電話でのお問い合せはご遠慮下さい。

【送付先】〒一〇一-八四〇五 東京都千代田区神田三崎町二-一八-一一 マドンナ社編集部 新人作品募集係

氷上の天使《ひょうじょうのてんし》 悦虐の美姉妹強制合宿《えつぎゃくのびしまいきょうせいがっしゅく》

二〇二一年 九月 十日 初版発行

著者◉羽村優希【はむら・ゆき】

発行◉マドンナ社

発売◉二見書房

東京都千代田区神田三崎町二-一八-一一

電話 〇三-三五一五-二三一一(代表)

郵便振替 〇〇一七〇-四-二六三九

印刷◉株式会社堀内印刷所 製本◉株式会社村上製本所 落丁・乱丁本はお取替えいたします。定価は、カバーに表示してあります。

ISBN978-4-576-21124-4 ◉ Printed in Japan ◉ ©Y.Hamura 2021